Livro de uma sogra

Aluísio Azevedo

Copyright © 2013 da edição: Editora DCL – Difusão Cultural do Livro

Equipe DCL – Difusão Cultural do Livro

DIRETOR EDITORIAL: Raul Maia

Equipe Eureka Soluções Pedagógicas

REVISÃO DE TEXTOS: Joana Carda Soluções Editoriais

Texto em conformidade com as novas regras ortográficas do Acordo da Língua Portuguesa

Dados Internacionais de Catalogação na Publicação (CIP)
(Câmara Brasileira do Livro, SP, Brasil)

```
Azevedo, Aluísio, 1857-1913.
   Livro de uma sogra / Aluísio Azevedo. -- 1. ed.
-- São Paulo : DCL, 2013. -- (Clássicos
literários)

   ISBN 978-85-368-1675-3

   1. Romance brasileiro I. Título. II. Série.
```

13-03579   CDD-869.93

Índices para catálogo sistemático:

1. Romances : Literatura brasileira   869.93

Impresso na Índia

Editora DCL – Difusão Cultural do Livro
(11) 3932-5222
www.editoradcl.com.br

Sumário

1..5
2..11
3..15
4..17
5..21
6..26
7..30
8..36
9..42
10..47
11..51
12..56
13..61
14..65
15..69
16..73
17..77
18..83
19..88
20..95
21..100
22..103
23..107
24..113
25..118

1

Ce travail offre un autre découragement: que de choses hardies, et que je n'avance qu'en tremblant, seront de plats lieux communs dix ans après ma mort...

Stendhal, *Souvenirs d'Égotisme.*

*D*e volta da minha última peregrinação à Europa, depois de cinco anos de saudades do Brasil, foi que, pela primeira vez, senti todo o peso e toda a tristeza do meu isolamento e pensei com menos repugnância na hipótese de casar. Foi a primeira vez e também a última que semelhante veleidade me passou pelo espírito; daí a vinte e quatro horas tinha resolvido ficar eternamente solteiro.

Estava então com trinta e cinco anos. Dessa vez, como sempre me sucedia ao pensar no casamento, veio-me logo à ideia o meu amigo Leandro, e vou dizer por quê:

Leandro de Oviedo era, entre os meus companheiros da primeira juventude, o único que se conservou fiel à nossa amizade. Os outros tinham todos desaparecido; alguns simplesmente do Rio de Janeiro ou do Brasil, mas, ai! a melhor parte havia já desertado deste mundo, para nunca mais voltar.

Leandro foi sempre um rapaz bem equilibrado: coração generoso, caráter sério, inteligência regular, sobriedade nos costumes e tino para arranjar a vida. Do nosso grupo era ele o mais moço e também o mais forte e bem apessoado. Tinha excelente educação física, adquirida num colégio da Inglaterra; conhecimento perfeito da esgrima e jogos de exercício; destreza na montaria e plena confiança nos seus músculos.

Ainda não contava ele vinte anos quando o conheci, e a nossa intimidade foi apenas interrompida pelas minhas viagens. Fui eu o confidente da grande paixão que o levou a casar, quatro anos depois, com uma encantadora rapariga, filha da velha mais fantástica, mais diabólica, mais sogra, que até hoje tenho visto.

A fúria, para consentir nesse casamento, aferrou-se às mais leoninas exigências; impôs condições as mais humilhantes para o futuro genro. Já me não lembro ao justo quais foram elas, posso afiançar porém que eram todas originais e ridículas. Havia uma, entre tais cláusulas, de que nunca me esqueci, a da assinatura de certo documento, em que o desgraçado pedia à polícia não responsabilizasse ninguém pela sua morte, caso ele aparecesse assassinado de um dia para outro.

Mas Leandro estava irremediavelmente perdido de amores; e a moça era muito rica, e ele o que se pode chamar pobre. Não havia para onde fugir; sujeitou-se a tudo e — casou.

Ainda porém não tinha desfrutado o primeiro mês da sua lua de mel, e já a sogra achava meios e modos de interrompê-la, separando-o violentamente da noiva. E daí em diante o casal nunca mais teve ocasião de absoluta felicidade. O demônio da velha parecia não poder ver o genro ao lado da filha, e o pobre rapaz, que amava cada vez mais apaixonadamente a esposa, não lograva um segundo de ventura junto desta, sem ver surgir logo entre eles o terrível espetro. Não os deixava um instante sossegados, não os perdia de vista um só momento, rondava-os, fariscava-lhes os passos, como se vigiasse a rapariga contra um estranho mal-intencionado; perseguia o genro só pelo gostinho de atormentá-lo; contrariava-o nas suas mais justas pretensões de marido, azedando-lhe a existência, intrometendo-se na sua vida íntima, desunindo-o da mulher, sobre quem conservava os mais despóticos direitos.

Causava-me ele verdadeira compaixão.

Um dia vi-o entrar por minha casa, desesperado, aflito, e atirar-se a uma cadeira, soluçando. Sem que lhe apanhasse uma só palavra das muitas que os seus soluços retalhavam, consegui, de dois dos seus monossílabos mais estrangulados, perfazer a de "Sogra", e exclamei-lhe desabridamente:

— Mas com um milhão de raios! por que não te livras por uma vez dessa víbora?!

— Livrar-me, como?! De que modo?! perguntou-me o infeliz entre dois arquejos.

— Ora, como?! De que modo?! Seja lá como for! Foge, ou torce-lhe o pescoço! Atira-a no meio da baía! Sacode-a do alto do Pão de Açúcar!

— Impossível! Amo loucamente minha mulher, e minha mulher adora a mãe! Não consentiria em separar-se dela, nem mo perdoaria, se o tentasse!

— Histórias!

— Além de que, sabes qual é hoje a minha posição na Praça do Rio de Janeiro; não é das piores! mas sabes também que só agora começo a colher o resultado de enormes sacrifícios feitos para obtê-la!... Pois bem, tudo o que sou, devo a minha sogra! O capital é dela! O crédito foi ela quem mo deu! Um rompimento seria a minha ruína completa!

— Oh, diabo!

— É o que te digo! Vê tu que posição a minha!

— Então, meu amigo, só te restam os extremos — resignação ou... suicídio!

Ele, ao que parece, resignou-se.

Um ano depois encontramo-nos em Paris.
— Olá! bradei-lhe. — Fugiste...
— Qual! Estou de passeio. Minha sogra mandou-me passear...
— Expulsou-te de casa?...
— Não. Mandou-me passear por algum tempo. Eu volto...
— Ah! compreendo! quer que a filha se distraia um pouco pela Europa. Dou-te os meus parabéns!
— Não! vim só.
— Hein?! E tua mulher?
— Ficou.
— E tua sogra acompanha-te?...
— Ah! não!

Fiz-lhe, intrigado, ainda algumas perguntas, a que ele respondeu com reserva, procurando evitá-las. Percebi que me não queria falar francamente, talvez por medo do ridículo, e não insisti.

Jantamos em companhia um do outro, e desde então pegamos de ver-nos todos os dias. Fizemos juntos uma viagem à Suíça, e a nossa amizade revigorou-se com essa jornada; ficamos inseparáveis até que ele, meses depois, deixou a Europa para tornar ao Brasil.

E eu, agora, aqui no Rio de Janeiro, ao acordar da primeira noite, passada no detestável Freitas-Hotel, senti cair-me em cima, com o peso de mil arrobas, todo o negrume da minha solidão. A ideia da solidão fez-me pensar em Leandro.

É verdade! Que fim teria ele levado?...
— Vou vê-lo! deliberei, saltando da cama.

Procurei o endereço da sua atual residência. "Tijuca. Alto da Serra". Era longe, mas o dia estava magnífico. Por que pois não ir? Enquanto lá estivesse disfarçaria ao menos o meu tédio de celibatário. Leandro era afinal o meu melhor amigo; além do que, apetecia-me à curiosidade saber notícias do seu casamento e da sua fenomenal sogra. Não nos víamos havia quatro anos. Como seria agora a sua existência? Que fim teria ele dado ao demônio da bruxa?...

Vesti-me, almocei, saí, dei um passeio pela rua do Ouvidor e tomei o tramway da Tijuca. Na raiz da serra procurei informações sobre a casa de Leandro; deram-nas na mesma cocheira que me alugou uma vitória para lá subir.

Às cinco e meia da tarde entrava na residência do meu amigo. Uma deliciosa chácara, com o seu cottage ao fundo, na fralda da montanha, escondido entre árvores floríferas e cercado por um jardim de rosas e camélias. Adivinhava-se logo, desde o portão da rua, haver ali todo o conforto e regalo que nos podem proporcionar os maravilhosos arrabaldes do Rio de Janeiro. Toquei o tímpano na varanda. Fizeram-me entrar para a sala de espera; não mandei o meu cartão intencionalmente, e, quando Leandro chegou e deu comigo, soltou uma sincera exclamação de prazer.

Atiramo-nos nos braços um do outro.
— Que bela surpresa! — bradou ele. — Não sabia que tinhas chegado!
— Cheguei ontem. E tu como vais por aqui? A senhora como está? E tua sogra, que fim levou?
— Minha mulher não está aí. Saiu na minha ausência com os filhos e com o velho César. Não sei para onde foram... Mas vai entrando! vai entrando!
— Estão espairecendo naturalmente por aí perto, aventei, passando para a sala de visitas.
— Talvez, mas talvez não. Não sei! Pode ser que voltem já e pode ser que se demorem. Desconfio que foram fazer uma viagem...
— Como? Pois tu não sabes se tua mulher foi fazer uma viagem, ou se está passeando pela vizinhança da casa?... Ora esta!
— Não, filho, não sei. Temos uma vida muito especial. Ela às vezes me foge, ou eu lhe fujo. Levamos três, quatro dias fora, uma semana, um mês até, longe um do outro, visitando parentes e amigos, ou simplesmente passeando, viajando...

Calei-me, por falta absoluta de palavras, e comecei a desconfiar que a sogra afinal acabara por derreter os miolos do meu pobre amigo. Era de esperar!

Depois de uma pausa, aproximei-me dele e perguntei-lhe, em voz soturna, olhando para os lados:
— E a serpente?...
— Que serpente?!
— Ora, qual há se ser? A fúria infernal, o diabo de saias, tua sogra!
— Coitada!

E Leandro soltou um grande suspiro.

Escancarei os olhos e a boca, sem compreender.
— Coitada!... repetiu ele, com um novo suspiro. — Já não existe...ah! infelizmente já não existe!...

Recuei aterrado; senti o sangue gelar-se-me nas veias. Que estava eu ouvindo, meu Deus? que estava dizendo o mísero rapaz? Oh! agora já não havia a menor dúvida — era um caso perdido!
— Regenerou-se afinal... interroguei-lhe, fingindo sangue-frio, e sem me aproximar muito desta vez.
— Não zombes, meu amigo! A memória de minha sogra é hoje para mim tão sagrada, ou mais, do que a memória de minha própria mãe!...
— Mas, espera! quantas sogras então tiveste tu?... perguntei-lhe receando também já um pouco pelo meu juízo.
— Uma só.
— E essa, a que te referes agora, é aquela mesma, a célebre? aquele terror, aquela moléstia, aquele mal que te roía a existência? aquele diabo, a quem devias o implacável inferno em que te vi espernear de desespero?...

— A mesma, Leão. Simplesmente eu, nesse tempo, era injusto...
— Aquela que, só pelo gostinho de contrariar, se metia entre ti e tua mulher, cortando-lhes no meio as carícias e perturbando-lhes o amor?...
— Não a compreendia nessa época. O imbecil era eu!
— Aquela, que te trazia suspensa sobre a cabeça uma ameaça de morte?...
— Fazia-o, porque era adoravelmente boa!
— Aquela, que te não permitiu fosses o dono do primeiro beijo de teu filho?...
— É verdade, a mesma!
— Aquela fúria?
— Era uma santa!

E ficou muito sério, com o rosto compungido e contrito.

Até hoje ainda não sei como não caí para trás, fulminado.

Meti as mãos nos bolsos das calças, abri as pernas à marinheira, ferrei o olhar no tapete do chão, apertei os lábios, arregacei as sobrancelhas, e embatuquei.

— Sim, senhor!...

Estava preparado para ver, sem me alterar, o meu estimável amigo Leandro de Oviedo atirar as mãos para o chão e pôr-se a percorrer a sala de pernas para o ar.

Que digo? Poderia ver sem pestanejar, o retrato da própria sogra de Leandro desprender-se do seu caixilho dourado, e vir dar-lhe um beijo, ou dançar um fandango entre nós dois.

Naquele instante nada me causaria abalo!

* * *

Mas, ao fim do jantar, reanimado por um velho e generoso Barbera, pedi ao meu paradoxal amigo que me explicasse o milagre daquela sua tão absoluta inversão de pontos de vista. Sempre queria ouvir!

— Não te darei uma palavra e terás a mais satisfatória explicação do mistério, disse-me ele. — Dormes aqui, não é verdade? Dormes decerto!
— Mas...
— Podias até passar alguns dias comigo. Isto por cá é muito aprazível nesta época. Onde estás morando?
— No Freitas.
— Ora! Não te largo esta semana! Seria desumanidade deixar-te ir! Hospedado no Freitas!...
— Mas é que... não contava com isto... Vou sem dúvida incomodar tua família...
— Qual! Minha família não sei quando virá... Tu agora não tens ainda com certeza o que fazer... De resto não ficas totalmente preso: podes ir à cidade quando quiseres; trazer de lá ou mandar buscar o que precisares. Olha! aqui pelo menos estás livre de qualquer febre! e podemos dar magníficos passeios, a cavalo e de carro, pela Floresta, à Vista Chinesa, à Gávea. Amanhã mostro-te as minhas estrebarias; se ainda conservas gosto pelo gênero, encontrarás o que ver.

Confessei-me vencido, mesmo porque sentia já a curiosidade excitada. Jogamos à noite uma partida de bilhar e, às onze horas, na ocasião de recolher à câmara que me destinaram, exigi de Leandro a prometida explanação do milagre.

— Entra para o teu quarto, que lá ta levarei, respondeu ele, afastando-se.

E pouco depois voltava, trazendo com todo o carinho um pequeno estojo de ébano. Abriu-o defronte de mim com uma chavezinha de prata, e tirou de dentro um livro preciosamente encadernado.

Mostrou-me o livro, em silêncio, cheio de gestos e desvelos religiosos. Na capa, entre guarnições de ouro e pedras finas, havia um delicadíssimo esmalte, retratando em miniatura o busto da sogra. Estava a primor, com o seu distinto e singelo penteado de cabelos brancos, com as suas lunetas de cristal, e com aquele sutil sorriso malicioso, que lhe conheci noutro tempo.

— Não poderia dar-te maior prova de amizade, do que te confiando este sagrado tesouro, disse-me Leandro. — É um manuscrito de minha sogra. Começa a lê-lo hoje antes de dormir, e depois, quando o tenhas concluído, conversaremos a respeito da mãe de minha mulher...

Tomei nas mãos, cuidadosamente, a sedutora relíquia, examinei-a deveras intrigado, depu-la de novo no seu estojo, agradeci a Leandro o obséquio, impaciente por vê-lo pelas costas.

Logo que me pilhei sozinho, fiz em três tempos a toilette, aninhei-me na cama, cheguei para perto da luz do velador, e, com uma volúpia repassada da mais legítima curiosidade, abri a primeira página e comecei a leitura.

Mal sabia eu que grande influência ia exercer esse manuscrito sobre minha vida... E como hoje posso publicá-lo, não ponho nisso a menor dúvida.

É o que se segue:

2

Manuscrito de Olímpia

La nature a des perfections pour montrer qu'elle est l'image de Dieu, et des défauts pour montrer qu'elle n'en est que l'image.
Pascal, *Pensées.*

Órfã de pai e mãe, tinha eu dezoito anos de idade, quando passei das mãos de meu tutor para as mãos do estimado e simpático Dr. Virgílio Xavier da Câmara, que me recebeu por esposa na igreja de São João Batista em Botafogo.

Meu noivo contava vinte e sete anos.

Éramos ambos de boa família, ambos muito bem relacionados, ambos sadios, ambos até bonitos. Ele — médico, inteligente e trabalhador, conservando intacto um patrimônio de quarenta contos, que herdara ainda criança; gênio feliz, costumes irrepreensíveis, nada de vícios perigosos e nada de paixões de qualquer gênero, nem mesmo desses perturbadores sonhos de glória ou dessas ambições descomedidas, que nos fazem sacrificar às vezes a doce tranquilidade do presente garantido, pela hipotética e fascinadora conquista de um nome no futuro incerto. Eu, pelo meu lado — inocente e pura, educada sob os mais austeros exemplos de moral e virtude, tendo feito a minha aprendizagem doméstica sem prejuízo dos meus pequenos dotes sociais; sabendo coser, como sabendo bordar; dirigir o serviço dos criados, governar uma casa, como sabendo tocar piano, receber visitas e dançar uma valsa; e mais: tinha boa ortografia, alguma leitura, que não era composta só de maus romances, um pouco de francês, um pouco de inglês, um pouco de desenho, sessenta contos de dote, princípios religiosos bem regulados, caráter sereno, temperamento garantido por hereditariedade natural, seguros hábitos de asseio, alinho e gosto no vestir, que nada deixavam a desejar, quanto à elegância, mas que jamais roçavam, nem de leve, pelos arrebiques do janotismo equívoco.

Eis como nós éramos os dois. E eu — meiga e delicada; e meu marido — extremoso e forte.

Casamo-nos por inclinação de parte a parte, com o aplauso de ambas as famílias, depois de um calmo namoro de seis meses, regular e honesto, abençoado por todos os nossos parentes e amigos.

Não se poderia, pois desejar casamento mais equilibrado, nem se poderia conceber um par mais harmonioso, e até mais simétrico.

Não obstante, apesar de que nunca transigi dos meus deveres conjugais; apesar de que meu marido prosperou sempre de fortuna na sua carreira médica e, depois, na sua carreira política; apesar de que ele era bom, e apesar de que sempre nos estimamos; apesar de tudo isso, tanto ele como eu fomos igualmente muito desgraçados, enquanto nos não separamos; fomos os dois um casal de infelizes amarrados um ao outro pelo duro e violento laço do matrimônio; fomos dois calcetas, seguros na mesma corrente de ferro, condenados a suportar a existência eternamente juntos.

Não foi possível! Quebramos a cadeia, arrancamo-nos da grilheta. O governo nomeou-o para uma honrosa comissão fora do Brasil; aproveitamos o ensejo e separamo-nos. Tínhamos dois filhos, um de cada sexo; a menina ficou comigo e o menino seguiu com ele.

Ao contrário do alvitre jurídico, entendi sempre que, na separação de cônjuges, mormente abastados, o filho ou filhos varões devem acompanhar o pai, e a filha ou filhas devem ficar ao lado da mãe, porque esta é sem dúvida mais apta, que um homem, para zelar pela boa educação e pureza de uma menina; ao passo que aquele outro pode, melhor que a mulher, dirigir e encaminhar a vida de um rapaz.

O contrato moral e íntimo do nosso apartamento foi ainda mais digno e mais sincero do que o contrato público e material da nossa união. Não nos preocupou a questão de dinheiro, porque éramos já bastante ricos, e podíamos ficar ambos pecuniariamente independentes. Obriguei-me a não macular jamais o nome que ele me dera, e esse preceito foi por mim cumprido à risca; ele, pelo seu lado, comprometeu-se a se não descuidar nunca de nosso filho, e assim o fez, durante os curtos anos que viveu ainda o meu pobre Gastãozinho.

Separamo-nos bons amigos, mas, ai de nós! depois de grandes desavenças domésticas e brigas de cada instante, que fizeram até aí da nossa vida um triste inferno, e que para sempre nos tornaram incompatível a existência em comum. O que nos valeu foi o nosso espírito. Num momento lúcido compreendemos tudo, encaramos a sangue-frio a situação; e abraçamos com coragem o único partido digno de nós. Se continuássemos a viver juntos, teríamos chegado às últimas degradações da falta de respeito um pelo outro e talvez ao crime. É possível que Virgílio me batesse, ou me matasse, num dos nossos muitos ímpetos de irreprimível cólera nervosa. Só os casados, só estes, poderão calcular e compreender quanto nos injuriamos os dois, quanto nos aviltamos, por palavras e gestos, nessas secretas e constantes lutas. O arrependimento chegava sempre, porém tarde, e nunca aproveitava para impedir novas crises; o arrependimento só servia para mais nos rebaixarmos aos nossos próprios olhos, com a consciência da nossa degradação. Mais do que as rixas, os sequentes amores na confirmação das pazes, deixavam-nos humilhados e corridos de vergonha; e este fato, só por si, a deprimente certeza da nossa ignomínia, era já um novo rastilho pronto e aceso para uma nova explosão de cólera.

Afinal, o contato, ou a só presença de qualquer dos dois, tinham se tornado absolutamente insuportáveis para o outro. Às vezes, sem razão, não podia demorar a vista sobre meu marido: irritavam-me nervosamente os seus gestos mais simples e naturais. Uma ocasião, em que o contemplei pelas costas, assentado à sua mesa de trabalho, todo embebido no que estava fazendo, com a cabeça baixa, um gorro de seda preta, os ombros envolvidos num xale que lhe escondia o pescoço, desejei-lhe a morte, e tive de fugir dali para não disparatar com ele.

Mas por quê? por que razão eu, que sem dúvida estimava e compreendia meu marido, não podia às vezes suportá-lo?... por que razão ele, que me amava, não pôde continuar a viver junto de mim?

Por quê?

Eis o difícil de explicar, e eis do que, tendo estudado minuciosamente o meu próprio coração e o coração de meu marido, e depois de uma longa e paciente observação de todos os instantes da vida de casados que nós dois tivemos, tirei a base e a substância da minha filosofia sobre o amor conjugal e os meios práticos de obter-lhe a duração.

Não o fiz por mim, mas só por minha filha, a minha Palmira, a flor mimosa dos verdadeiros encantos da minha vida de moça, o ser único a quem neste mundo dei, até certo momento da velhice, todo inteiro o meu coração, a quem dei todo o meu amor, sem a mais ligeira reserva de ternura e se a menor hipocrisia nos sorrisos e nos beijos. Amei-a mesmo antes que ela nascesse, amei-a cada vez mais durante a existência, e creio que ainda a amaria sempre depois da sua morte. Nunca neste amor descobri as falhas de tédio, de cansaço, e até de absoluto enjoo, que infelizmente, logo desde o começo da minha vida conjugal, descobri no amor que eu votava ao meu bom e querido esposo. No meio do maior aborrecimento, no mais ingrato instante das horas de desânimo, a presença de minha filha era sempre uma consolação e um repouso; nunca beijo nenhum que ela me deu foi inoportuno; nunca as suas carícias chegaram fora de propósito, e nunca deixaram de produzir em minha alma o mesmo delicioso efeito de suave refrigério. Entretanto, quantas vezes, ainda na lua de mel, não me revoltei contra mim mesma e não amaldiçoei as rebeldias do meu coração, por não poder evitar que, a despeito da minha traiçoeira afabilidade externa, o enojo repelisse no meu íntimo as carícias que nessa ocasião me dava meu marido?!

Ah! ele não percebia a verdade, porque eu com uma hipocrisia, que nesse tempo acreditava honesta e generosa; uma hipocrisia, que eu supunha fazer parte dos meus deveres de boa esposa, obrigava meus olhos, meus lábios, meus braços, meu corpo inteiro, a mentirem, representando sem vontade essa coisa inconfessável, ignóbil, que me tinham feito acreditar, secretamente, que era "o amor". Que blasfêmia! e mais — que era "o matrimônio". Que desilusão!

Oh! quantos sorriso, quantos suspiros de volúpia e quantos beijos dados por mentira, meu Deus! Oh! quanto me prostituí nos braços de meu marido!

E que vergonha, que repugnância, dele e de mim própria, não me assaltaram quando descobri que com Virgílio se dava a mesma coisa a meu respeito; e que ambos nós, procurando iludir um ao outro, representávamos cada qual no seu transporte a mesma degradante comédia de amor? Quantas vezes percebi que seu espírito bocejava de tédio, enquanto seus lábios me cobriam de beijos fervorosos?

Mentirá todo aquele e mentirá toda aquela que disser que a presença de sua esposa, ou que a presença de seu marido, lhe foi sempre agradável; e mentirá, se não confessar que muita vez se prestou a satisfazer os desejos do cônjuge com sacrifício de todo o seu ser.

Éramos já dois desgraçados, e dali em diante começamos a ser duas vítimas e dois verdugos recíprocos, chumbados à mesma dor e à mesma crueldade, a torturarem-se, a devorarem-se num estreito abraço de extermínio.

Oh! definitivamente não podíamos continuar a viver juntos! E no entanto, eu amava meu marido, e sei que era amada por ele. Nenhum casal até hoje se estimou e respeitou mais do que nós no foro íntimo da sua alma. Juro que tínhamos em segredo um pelo outro a maior e mais sincera consideração, e que ambos, de parte a parte, apesar dos constantes atritos, fazíamos de cada qual o mais alto e digno conceito. Mas juro também que muita vez me senti verdadeiramente desgraçada nos seus braços, e ele nos meus; e que por último, muitas e muitas vezes nos injuriamos, com as mais duras palavras de desprezo, quando, no fundo da consciência, julgávamos mutualmente o contrário do que blasfemávamos.

Que singular monstruosidade!

E não me venham dizer que nos amávamos só com a razão e não com os sentidos. Vou copiar fielmente um fragmento das notas póstumas de meu esposo, onde o contrário se acha bem demonstrado. O que adiante se segue escreveu ele já depois da nossa disjunção, longe de mim, na Itália, poucos anos antes de morrer.

Descobri essas notas entre os papéis do seu espólio. Sem as transcendentes revelações que elas me depararam, é natural que nunca chegassem minhas pesquisas filosóficas a qualquer resultado, e nunca me animasse eu a empreender este doloroso manuscrito.

Atenção! É Virgílio quem agora fala:

3

Sim! minha mulher foi a única mulher que amei. Em meio do maior enjôo da vida doméstica, sentia eu perfeitamente, no âmago da minha consciência, que nenhuma outra valia tanto como Olímpia, quer no físico, quer no moral e até no intelectual; sentia que, se ela não fosse minha esposa, minha companheira obrigada de cama e mesa, de todo o instante, havia de desejá-la apaixonadamente; sentia, adivinhava que, se eu viesse um dia a deixar de possuí-la, como fatalmente sucedeu, havia de sofrer muito, como efetivamente sofri, sem nunca mais encontrar mulher que a substituísse ou que lograsse fazer-me-la esquecer.

Não! Não podia amá-la mais do que a amei no meu noivado, do que a amei depois nos intervalos da cólera, do que a amo hoje principalmente, nesta irremediável viuvez da nossa fatal desunião. Todavia, antes de nos separarmos, só a desejei deveras como mulher, além daquela época, uma vez em que tivemos de afastar-nos um do outro por oito meses seguidos; de resto foi sempre o mesmo tédio e os mesmos enfastiamentos na comunhão da cama. Muita vez o perfume dos seus belos cabelos, o cheiro do seu corpo, aliás sempre limpo e bem tratado, o contacto macio da sua pele e a frescura de seus lábios relentados no delíquio amoroso, me fizeram repugnância.

Por quê? Não achei nunca a explicação. Mas a verdade é que, antes mesmo da nossa primeira contenda doméstica, quando éramos ainda um para o outro, só afagos e sorrisos, eu, apesar de amá-la muito, mas, se por condescendência ficava um dia inteiro ao seu lado, depois de passarmos a noite juntos, como de costume, sentia certo prazer estranho, sentia um inconfessável gozo de alívio, se me vinham anunciar que algum amigo, mesmo dos mais insignificantes, estava à minha espera na sala de visitas.

Quantas vezes não detive perto de mim pessoas que o não mereciam, só porque, enquanto estivesse eu com elas conversando, não estaria conversando ou procurando o que conversar, com a minha querida esposa?... só porque, enquanto eu estivesse abrigado naquela visita, não sentiria no meu corpo o calor do corpo de minha mulher, e não lhe sentiria o cheiro penetrante das carnes e dos cabelos!...

E como todo esse contraditório martírio cresceu depois do nascimento do nosso primeiro filho? Como fiquei eu amando moralmente muito mais minha esposa e desejando muito menos possuí-la como mulher?

Depois do nascimento de Palmira, nunca mais o meu espírito amou minha mulher associado com o meu corpo. Meu espírito continuava a amá-la, como sempre, meu corpo continuava, também como sempre, a unir-se ao dela para o matrimônio; mas espírito e corpo completamente alheios e separados durante o ato conjugal. O amor do meu espírito nada tinha de comum com o amor do meu corpo, como aliás sucedia dantes, na primeira fase do casamento; e ai! só nesse irrecuperável período o nosso amor foi completo, e foi amor, porque nos unia de corpo e alma! O amor de meu espírito era um sentimento insexual, respeitoso, nobre, feito de uma ternura de amigo, de irmão mais velho, um sentimento baseado na proteção do mais forte que se dedica pelo mais fraco. Havia nele um quê de mística doçura, de sagrado voto cumprido lealmente, um quê da consoladora satisfação do desempenho de um dever honroso, um quê de religião e de ideal. Ao passo que o amor de meu corpo era quase inconsciente, irresponsável até, nem merecia o nome de amor, porque, no fim de algum tempo era, por bem dizer, preenchido sem o menor concurso do coração.

E pensar que o abuso deste segundo falso amor prejudicou o primeiro, o verdadeiro, a ponto de privar-nos da sua doçura e do seu enlevo!

Com minha mulher devia suceder a mesma coisa que sucedia comigo, porque certas vezes, despertei-a à noite para o fim genésico, e mais dormindo que acordada deixava indiferentemente, com os olhos fechados, que eu saciasse nela o meu desejo material. Tanto o nosso espírito já por fim não tomava parte no desempenho da função matrimonial, que em muitas ocasiões, enquanto nos dispúnhamos para cumpri-la, conversávamos de vários interesses domésticos, alheios ambos ao supremo destino que naquele instante nos aproximava um do outro.

Não! isso não era amor; isso era instinto somente; isso era brutalidade! Entretanto, hoje, que já não possuo minha mulher; hoje, que me acho para sempre incompatibilizado com ela, e me vejo na mesquinha contingência de recorrer, para satisfação das minhas necessidades fisiológicas, a essas pobres máquinas vaginais que se alugam por instantes, quanto não daria em tais momentos para poder tê-la ao alcance de meus braços? Quanto não daria para dispor então daquela valiosa criatura, ao lado de quem não consegui viver, e ao lado de quem, ainda hoje, me seria impossível suportar a existência, apesar de desejá-la tanto?

Sim! ainda aplaudo e compreendo a nossa separação, e ainda a amo. E se agora, neste instante, por um efeito maravilhoso, me dessem a escolha de uma mulher, entre todas as mais sedutoras e formosas que tenho visto, reclamaria, sem hesitação, a minha própria esposa, e juro que a amaria com o mesmo arrebatamento do primeiro desejo que ela me inspirou.

Todavia, ridículos monstros que somos nós! no tempo em que vivíamos juntos, quantas vezes, deitados no mesmo leito, me senti apesar da sinceridade do meu empenho em respeitar o voto nupcial, perturbado pela lembrança de outras mulheres, que sem dúvida não valiam a sombra daquela que eu tinha ao lado? Quantas vezes, com a consciência ressentida, não conjecturava eu a hipótese traiçoeira de ter nos braços, naquele momento, certa provocadora mulher com quem estivera conversando essa noite, durante o baile? E isto dava-se estando eu deitado junto de minha esposa! Revoltava-me contra tão hipócrita deslealdade; repelia indignado semelhantes pensamentos inconfessáveis; mas a mulher, que não era a minha e que não valia tanto quanto ela, mas que eu só avaliava por conjecturas, e cujo perfume de cabelo ou cheiro de corpo nunca me tinham sido revelados na intimidade da posse, impunha-se despoticamente aos meus culposos sentidos, acordando-me amores fogosos e enérgicos, como os já não acordava a minha bonita companheira.

Oh! que me perdoes, Olímpia, as vezes que em ti matei desejos que vinham de outras mulheres!

E, em consciência, não será isto já o adultério? A ideia do toque amoroso com outra que não seja a própria esposa, não será uma traição conjugal? *Castus est Qui amorem amore, ignemque igne excludit*, diz Santo Agostinho. Se assim é, há de ser difícil descobrir um casal que se não adultere de parte a parte, pois estou bem convencido de que com minha mulher, por excelência virtuosa, devia suceder outro tanto; assim como estou amplamente convencido de que tudo, tudo que em mim observei, se verificou também com ela."

* * *

Aí termina o trecho das notas de meu marido. Ele tinha razão: Amei-o e desejei-o também na sua ausência e, justamente quando pensava em tentar uma reconciliação, o que hoje compreendo que seria loucura, recebi a triste notícia de sua morte. Então a saudade e o amor que ele de longe me inspirava transformaram-se em verdadeiro culto. Idolatrei a sua memória; mas, só depois dos estudos que determinaram este manuscrito, pude compreender de todo quanto esse pobre homem era bom, digno e reto, e quão nos cabia, a ele e a mim, da responsabilidade de nossa desgraça.

Demais, o seu lugar no meu coração, quando por mais nada, estava garantido como pai que era da minha Palmira, da minha filha idolatrada, laço único que me ligava à vida e ao mundo. E se fui boa mãe; se consegui, à força de desvelos e de extremos de amor, aplanar-lhe a existência das misérias que a minha corromperam, di-lo-ão estas páginas, para ela escritas.

4

Sim, minha filha era a minha vida, porque era o meu verdadeiro amor. Se eu não tivesse outras razões para conservar-me honesta e digna, depois da ausência e da morte de meu marido, tê-lo-ia feito só pelo muito que a amava.

À proporção que Palmira se desenvolvia, fortificava-se o meu caráter, apurava-se a minha inteligência, e o meu coração fazia-se melhor. Meu pensamento pertencia-lhe quase que exclusivamente, mesmo já nos melhores tempos de minha vida de casada. Se então meu marido ganhava terreno na minha estima e eu na dele, era só porque ele era seu pai e eu sua mãe; e o desenvolvimento dessa afetuosa solidariedade estava na razão inversa do nosso amor físico.

Ah! eram inevitáveis as tristes consequências desse deslocamento de amor. Foi talvez dessa época que se decidiu a nossa incompatibilidade, e que se originou a nossa separação; entretanto ainda então sabíamos conter-nos um defronte do outro. Em uma nota, muito anterior àquela que ficou atrás, meu marido revela-se claramente a esse respeito. Vou transcrevê-la e será esta a última; insisto em fazê-lo, porque todo o estudo que forma cabedal deste meu querido livro foi inspirado nessas notas de Virgílio, e também porque elas dizem o que eu talvez nunca tivesse a coragem de confessar a meu respeito.

Eis o que ele escreveu. Nesse tempo, note-se, ainda se não tinha quebrado a aparente harmonia da nossa vida íntima; ainda não tinha estalado a caldeira, onde ferviam já os humores da reação:

"Noto que os sutis efeitos desse fato (refere-se ao exclusivismo do seu amor paterno) começam a patentear-se tristemente na intimidade egoísta da minha vida conjugal. Começo a perceber que o arrefecimento do meu ardor amoroso para com minha mulher vai lentamente toldando, de vaporosas mágoas, a sua calma existência de esposa infeliz e honesta. Ela se não queixa nunca, mas a progressiva expressão de desgosto que vão adquirindo seus formosos olhos; o indefinível sorriso de resignação que lhe entreabre os lábios quando eu, ao seu lado na cama, lhe falo com entusiasmo de nossos filhos, e só deles, esquecido do resto do mundo, esquecido de tudo mais, tomado, possuído inteiramente pelo amor de pai; tudo isso me faz cair em mim e enche-me de revolta conta o exclusivismo do meu coração. Estudo-me e descubro com horror que já não há em mim a menor sombra de entusiasmo amoroso por minha mulher. — Fico indignado! Quero convencer os meus rebelados sentidos de que isto é uma indigna injustiça, e chamo em socorro dos meus deveres de bom marido a ideia dos encantos de Olímpia, evocando o ardor com que a desejei durante o noivado e durante a lua de mel.

É tudo inútil!

Minha mulher tem agora vinte e seis anos. Está em pleno desenvolvimento de suas graças físicas; nunca foi tão bela, tão sedutora e tão mulher. E eu, com trinta e cinco anos, na força da idade e da saúde, reconheço tudo isso, admiro-lhe os dotes físicos, tenho orgulho da sua beleza e, em consciência, não compreendo mulher mais perfeita e mais digna de amor que a minha. E contudo, o amor entra no comércio da nossa vida íntima apenas como ligeiro e fugitivo incidente. Apesar de reconhecer o seu inapreciável valimento feminil, a riqueza daquele palpitante tesouro de formas brancas e formosas, o preço daquele corpo carinhoso e casto, só vejo, só enxergo nela, a mãe dos meus filhos, só vejo o ventre sagrado, donde nasceu em ondas de sangue a minha felicidade de ser pai.

Beijo-a, acarinho-a sinceramente, ao sair de casa, ao entrar da rua; às vezes interrompo o meu trabalho para tomar-lhe as mãos, assentá-la um instante sobre os meus joelhos, passar-lhe o braço na cintura. Mas estes afagos, alheios ao transporte amoroso, são feitos de fria ternura de amigo, são meigo reconhecimento da minha paternidade feliz.

Donde vem, pois, esta estranha coisa, esta incompreensível anomalia, de que eu ame cada vez mais minha mulher e menos a deseje amorosamente? Por quê?

Não sei, não atino com a verdadeira causa; e a convicção do fato, que no meu espírito de marido leal e virtuoso atinge as proporções de feia monstruosidade, começa a torturar-me seriamente.

Sim, sim, a certeza de que a felicidade moral de Olímpia subsiste em prejuízo da sua felicidade de mulher, atormenta-me de modo atroz. E percebo ainda, com o coração envergonhado e a consciência em revolta, que a grande dor saída dessa convicção não é determinada pelo mal que ela porventura cause à minha pobre esposa, mas pela ameaça do mesmo mal prometendo cair mais tarde sobre a cabeça de minha filha. Sim, porque minha filha há de também um dia ser esposa e ser mãe, e terá nesse caso de sofrer as mesmas injustiças que eu faço hoje à minha mulher, e que agora lhe entristecem a vida e lhe dão ao bondoso semblante aquele doloroso ar de resignação.

Pois se eu, cônscio da minha íntima probidade conjugal, amando minha mulher como a amei sempre, não pude furtar-me à cruel e misteriosa lei que me obriga, contra a própria razão, a sentir-me farto e cansado da sua ternura, quanto mais se eu fosse um esposo vulgar, sem escrúpulos, e sem domínio sobre si para chamar a consciência, o coração, e até sentidos, ao bom e leal desempenho dos seus deveres?... O que seria então?... Que horrorosa vida não teria dado à minha mulher se não fora eu tão honestamente rigoroso no desempenho do meu papel de esposo?... Que mundo de dores e desgostos lhe teria eu proporcionado, se ela descobrisse o sacrifício com que às vezes suporto as suas carícias e a hipocrisia com que as retribuo ou provoco?...

O marido de minha filha terá, como eu, a delicadeza, a bondade, de se não revoltar, de submeter-se passivamente à convenção matrimonial, calcando no íntimo as revoltas do tédio, e resistindo heroicamente às solicitações externas, como eu resisti sempre até aqui?

A pertinaz sedução de mais de uma formosa mulher que encontrei na sociedade, quebrou-se contra os meus princípios de moral; e Olímpia, que é inteligente, bem o percebeu e bem me agradeceu, não com palavras, mas por delicados meios, que ainda mais me fizeram seu amigo. O marido que milha filha viesse a ter seria capaz de tanto...

Eis o que me tortura principalmente!

E minha filha será, como é minha mulher, uma virtude inquebrantável, um espírito orgulhoso e forte, que resista às tentações de procurar fora de casa a felicidade que o casamento lhe terá prometido e não lhe terá dado; ou, impelida pelo fastio da vida conjugal, irá refugiar-se nas criminosas ilusões de novas crises de amor; nessa espécie de falsificadas luas de mel, que a mulher adúltera inventa fora do lar doméstico, porque vê que neste não poderá nunca, nunca mais, obter a reprodução da lua de mel verdadeira e legítima?

E, admitindo mesmo a melhor hipótese, admitindo que Palmira herde da mãe a energia e a honestidade do caráter e o rigoroso equilíbrio do temperamento, será justo deixar que ela passe pelas mesmas provações e sofra as mesmas dúbias e lentas infelicidades que eu observo e estudo em Olímpia, e que me enchem de compaixão por ela e de revolta contra mim mesmo e contra estes meus ingratos e miseráveis sentidos? Pois será esse o belo futuro que eu preparo para minha querida filha? Destiná-la a servir de instrumento de tédio a um marido, que não será talvez tão resignado como eu e que não consiga amá-la como eu amo minha mulher? Condená-la a ser, por toda a melhor parte de sua vida, nada mais do que um ludibriado receptáculo de fingidas carícias? condená-la, coitadinha! a apagar com os seus beijos castos o fogo de inconfessáveis desejos, criados por outras mulheres, cuja única superioridade sobre ela será a de não serem casadas com o homem que for seu marido? E, se este não tiver o meu gênio e não conseguir arrancar de si os artifícios de delicadeza, que eu mantenho para com minha mulher, terei eu o direito de acusar minha filha, no caso que se desvie da linha inflexível dos seus deveres, e procure fora do tedioso matrimônio os regalos exigidos pela sua mocidade e pelos reclamos que, no seu sangue, pôs a natureza para garantia da espécie e segurança da intérmina cadeia da vida? Se assim acontecer, terei o direito de amaldiçoá-la; terei o direito de castigá-la com o meu desprezo e com o meu abandono?

E não será mais odioso crime punir semelhante desgraça, com outra desgraça ainda maior para ela? Para ela e para mim, e para minha esposa; pois que — deserdar qualquer filha do amor de seus pais — é sem dúvida para essa infeliz um tremendo martírio, porém nunca tão grande e tão doloroso como para os desgraçados que o infligem!"

Eis aí fica uma sincera página, escrita por meu marido, antes da nossa crise das contendas e disputas que nos desuniram para sempre. Calculo quanto não teria ele sofrido mais tarde, pensando no destino de nossa filha e reconhecendo que nem ele próprio, que se considerava tão seguro na sua resignação conjugal e tão firme na sua energia para conter as revoltas do tédio, pudera evitar a explosão nervosa e o fatal rompimento, que nos arredaram, a ele de Palmira, a mim do meu pobre filho! Como meu marido devia ter sofrido longe dela, coitado!

Mas a semente do seu amor paternal foi recolhida pelo meu coração de mãe, e já vingou, e há de crescer, florir e dar bons frutos!

Sim, meu infeliz irmão, se lá no duvidoso mundo, para onde voou teu nobre espírito, acompanha-te a mágoa do destino que terá nossa filha, e se guardas nessa outra vida memória dos que nesta te amaram, põe a larga o coração, porque estarei ao lado dela para evitar-lhe os escolhos, em que comigo naufragaste; estarei a seu lado, vigiadora e fiel, para preservá-la do mal que nos separou, e para dar-me toda inteira, de corpo e alma, para sempre à conquista de um meio de a fazer feliz! Juro-te que nossa filha não passará pelas mesmas angústias por que passei, nem resvalará em nenhum dos muitos modos de ser da prostituição!

Não! Palmira não terá a desgraça de ser uma esposa adúltera e desprezível, nem será também uma vítima ridícula da sua própria virtude, privada, na idade do amor sexual, dos direitos e dos gozos que a natureza conferiu a cada uma das suas criaturas; nem será tampouco, como eu fui, a esposa mãe, cujos beijos do marido nada mais eram que os restos frios do seu amor paterno! Não! minha filha há de amar e ser dignamente amada, com todo o ardor, com todo o entusiasmo, com toda a grande e próspera volúpia de que é capaz o verdadeiro amor! E não somente durante o noivado, mas sempre, por toda a vida, todos os dias e todos os instantes.

Minha filha há de ser feliz!

5

Jurara pois a mim mesma, e à memória de meu marido, que minha filha seria feliz. Mas como realizar esse ideal?

Eis a questão. Vejamos:

Dar-lhe um marido, quando chegasse à idade do amor?...

Mas, se o meu, que fora tão bom, tão leal, e tão justo, não conseguira proporcionar-me a felicidade?

Dar-lhe um amante?

Mas, sobre ser, debaixo do ponto de vista social, imoralíssimo o fato, em que poderiam afinal consistir as vantagens de um amante sobre um marido?

Não seria o amante nada mais do que um marido ilegítimo, que trouxesse à mulher todas as desvantagens domésticas do casamento e nenhuma das suas vantagens sociais?

Para o homem, sim, a amante parece incontestavelmente preferível à esposa, porque a mulher de posição só aceita um homem para seu concubinário quando o ama fervorosamente; ao passo que pode tomar marido, ou só porque os seus interesses de vida social assim o exijam, ou só porque a sua vida particular não tenha outro meio de manter-se.

O marido é sempre para a mulher uma garantia do presente e uma garantia do futuro; o amante é nada mais do que um incidente arriscado. O marido é uma conquista social; o amante é um sacrifício feito ao amor. A mulher que não tem posição social, conquista-a com o casamento; e aquela que já a tinha, perde-a tomando um amante. Por conseguinte o casamento eleva e o concubinato rebaixa.

No casamento o escravizado é o marido; no outro caso a escravizada é a mulher. O casamento é o sacrifício de um homem em proveito da sociedade; o concubinato é o sacrifício de uma mulher feito a um homem. A mulher casada vê no "seu" marido uma propriedade sua; e, para manter a felicidade burguesa do seu lar e para não perturbar a suposta tranquilidade da sua vida conjugal, quer que ele, ao entrar casado na câmera nupcial, despeje para sempre o coração de todos os seus sonhos de glória; quer que ele abdique, em proveito do seu novo estado, de todas as suas ambições brilhantes, de todo o seu ideal de conquistas na vida pública. E desse dia em diante, tudo o que nele for pessoal e de alcance exterior encontrará nela um inimigo terrível. No triunfo individual dele ela verá uma perene ameaça aos seus direitos de proprietária conjugal. A felicidade particular dele, posto que de caráter moral, será por ela considerada um roubo, um atentado cometido contra a solidariedade do casal. Que ele seja um "Bom marido" é o essencial, é quanto basta; é tudo o que ela exige dele e é só o que ela consente que ele ambicione.

E para ser um "Bom marido" convém que ele seja caseiro, metódico, pacato, previdente; que disponha de recursos para manter a família, e não tenha a menor ambição de nome. O que por aí se chama "Bom marido" é um ser genérico e coletivo, que, por si só, particularmente, nada representa, e que não pode ser aproveitado, na cadeia dos interesses gerais da vida humana, senão como simples e obscuro elemento de procriação. Um bom marido é útil somente porque produz filhos.

Para ser um bom marido não pode o indivíduo ser um "homem de ação", como não pode ser um "contemplativo". Não pode ser um conquistador, um revolucionário ou um grande empreendedor, como não pode ser um poeta, um artista ou um sábio. E como são essas as duas únicas ordens em que se divide a humanidade produtora, da soma de cujo esforço de ação ou de pensamento tira a evolução histórica a sua grande força de impulso e de aperfeiçoamento geral, segue-se que o "Bom marido", na comunhão da vida inteligente e na obra do progresso do mundo, não tem lugar como homem, mas só como animal, e seu esforço só poderá ser aproveitado como passivo instrumento da vontade alheia.

Por isso um bom marido deve ser única e exclusivamente um bom marido, e nisso limitar todas a sua aspiração. Um bom marido não deve ter pátria, nem ideias. A sua pátria é a casa, e o programa de todo o seu pensamento é o seguinte: ter ou obter meios para a regulada subsistência da família; não perturbar nunca a paz burguesa do lar; atrair à casa, de vez em quando, amigos sérios e respeitadores dos princípios estabelecidos; promover partidas de dança, em que a mulher se divirta, em que as filhas, se já estiverem desenvolvidas, possam namorar para obter marido; não faltar nunca ao lado da esposa com o provimento sexual de que ela, conforme o seu temperamento, careça para o seu bem-estar e perfeita sinergia do organismo; e nunca, nunca, dar ou promover escândalos, sejam estes de ordem política, artística, amorosa, doméstica, ou sejam de simples e inocente folguedo.

Para o satisfatório desempenho desta última parte do programa, deve o bom marido abster-se de escrever, com assinatura, artigos em jornais e livros principalmente; não deve ter senão as obras que possa dar também a ler à sua família; não deve expor ao público e à venda qualquer produção artística de sua lavra, mas reservá-las para ornamento da sua sala de visitas ou de jantar; no seu modo de vestir nunca trazer a roupa muito à moda, nem muito fora da moda; deve, enfim, nisto, como em tudo absolutamente, escolher sempre o meio-termo, o regular, o médio, porque a mediocridade deve ser o seu nível. Razão esta para que evite, escrupulosamente, aperfeiçoar-se em qualquer ramo de conhecimento científico ou artístico, que da perfeição pode, mesmo sem querer, cair no sucesso e aplauso público o que lhe não convém de modo algum, por ser escandaloso. Todo o sucesso é um escândalo, e o bom marido deve temer o escândalo antes de tudo.

E mais: o bom marido deve recolher-se à casa sempre cedo; não sair para o passeio ou para o teatro sem levar a família; evitar a convivência mundana com todo o indivíduo que for popular e apontado a dedo. Não lhe convém igualmente, e nem por sombra, a menor relação de amizade com os agitadores de ideias e com os artistas reformadores. O seu círculo, além da família, só pode estender-se um bocadinho às circunspectas classes conservadoras; o seu nome não deve figurar nunca senão em listas oficiais e graves. O bom marido deve ser, nos seus atos e nas suas funções, inalterável como uma pêndula: — Da casa para o trabalho e do trabalho para casa. Qualquer desvio do movimento estabelecido pode alterar a marcha do relógio, que é o lar.

Logicamente, quem deveria perder o nome com o casamento e adotar o do cônjuge era o homem e não a mulher, porque se o casamento for o que se chama "regular" e o marido sair "um bom marido", é ele quem desaparece engolido pela família; ao passo que ela, até aí escondida atrás dos parentes, sem ter mesmo até então o direito de pensar, casando-se, surge desassombradamente à tona social e forma à direita do esposo um novo elo na grande cadeia.

E não há mulher que não deseje que seu marido seja um "Bom marido". No seu indefectível egoísmo, os interesses privados do lar impõem-se antes de tudo. Não admitirá ela nunca que seu marido pertença a qualquer outra coisa ou ideia que não seja o próprio casamento.

Algumas não amam o esposo, mas nem por isso deixam de pesquisar-lhe a vida inteira, até os mais pequeninos atos da existência. Esse vivo e feminil emprenho de perquisição não vem do interesse carinhoso que ele inspira à mulher, mas do gozo de desfrutar um direito, o direito de zelar e governar o que lhe pertence, o que é só dela e de mais ninguém; pois que, na maior parte dos casos, a mulher não faz questão de que o marido seja este ou aquele, desde que o sujeito preencha os já citados requisitos de bom marido.

E o que recebe o pobre do bom marido em troca de tudo o que dá à esposa? Só recebe uma recompensa — a felicidade de ser pai. Só esta resiste: tudo mais que ele, de longe, nas ilusões do desejo, supunha constituir um mundo de venturas, desfaz-se em tédio e obrigações maçantes. A mulher deixa em breve de ser a esposa para ser "A minha companheira — a minha velha — a madama". Deixam ambos de ser marido e mulher para serem "Feijão com carne-seca", como eles lá dizem, os imbecis! O lar deixa de ser o ninho da paz e do descanso para ser "a obrigação da casa". E em obrigação, e obrigação acabrunhadora, transforma-se toda a vida do homem, desde a mesa da comida até à cama, só lhe ficando intacta a consolação de ser pai.

* * *

Com a amante sucede precisamente o contrário. O homem a quem ela se entregou impôs-se ao seu coração por uma irresistível fatalidade do amor. Essa ligação não entrava no programa da sua vida, como o casamento entrava no da vida da outra; essa ligação veio como consequência inevitável de uma fascinação imprevista. Em vez de investigar se o homem a quem se "deu" tinha as qualidades e requisitos necessários para tomar mulher, o que ela quis saber, só, foi se ele a amava tanto quanto era amado por ela; e, justamente ao inverso do que faz a mulher na ocasião de arranjar marido, em vez de dizer:

"Aceito este ou aquele contanto que dê de si um bom marido", o que a amante pensou foi o seguinte: "só este me convém e quero, só este me pode servir para amante, ainda mesmo que ele não disponha das necessárias qualidades para ser um bom amante". E ela assim pensa e faz, porque ama, e como o seu amor visa certo e determinado indivíduo, só esse, tenha ele as qualidades ou defeitos que tiver, poderá ser o seu homem.

E, como, unindo-se a esse homem, ela em vez de subir, apeou-se da sua posição social, todo o seu empenho, depois de unidos, se transforma em desejar vê-lo crescer e elevar-se no conceito público, porque, quanto maior for ele, tanto mais desculpável será a queda da mulher que lhe pertence.

Ainda ao contrário do que sucede no casamento, aqui a tranquilidade e a íntima bem-aventurança do lar são sacrificadas aos interesses exteriores do amante, se este tiver ambições de caráter público, quer como artista, quer como homem de ação. A paz doméstica, os gozos do amor, tudo isso é rapidamente atirado para o lado se a honra ou o interesse abstrato da glória reclamam o sacrifício do homem amado.

Quando, nos grandes momentos decisivos para a vida pública de um homem, tenha este, sem hesitação, de arriscar tudo num lance resoluto, num rasgo de coragem, e, ou galgar de assalto a vitória completa, ou cair vencido para sempre; se ele é casado, a mulher agarra-o com ambas as mãos, grita, chora, enlaça-o nas suas saias e não o deixa sair de junto dela, reclamando egoisticamente que o infeliz é seu marido e que ela não pode consntir que ele se exponha, porque seria expor também a segurança do seu lar e da sua família; e, se o homem não for casado, enquanto a esposa faz aquilo, o que faz a amante?

A amante, esquecendo a sua felicidade privada pelas conveniências públicas do seu amado, e tendo pouco de si mesma que arriscar, porque tudo por ele próprio já arriscou e não temendo cair em posição falsa, porque falsa já é a sua posição, é a primeira a empurrá-lo para o seu posto de honra e a instigar-lhe os brios, gritando-lhe que não perca um instante e cumpra resoluto o seu dever, sejam quais forem as consequências.

Ele pode morrer! — Embora! Mas é preciso que vá, que se não desonre, porque, se assim acontecer, ela terá perdido de um modo mais triste ainda a sua felicidade de mulher, porque terá perdido a sua ilusão de amor, porque terá perdido moralmente o seu amante.

Que vá! Que vá! Antes morto que desonrado!

E nisto consiste a grande vantagem que leva o concubinato sobre o casamento. Se eu, em vez de uma filha, tivesse um filho, não hesitaria em aconselhar-lhe que preferisse tomar uma concubina a tomar uma esposa.

Mas, na inversão do caso; quer dizer: sob o ponto de vista do interesse da mulher, o amante será preferível ao marido?

Vejamos:

6

À primeira vista parece que não; parece que o amante, longe de levar vantagem sobre o marido, fica-lhe muito inferior, sob o ponto de vista dos interesses da mulher. A princípio parece que um amante traz todas as desvantagens de um marido vulgar e nenhuma das vantagens morais.

Já ficou estabelecido que o marido é o escravo e que o amante é o senhor.

Mas, sob o ponto de vista dos interesses domésticos e da verdadeira felicidade privada de uma mulher, não estará justamente nesse fato de ser senhor e não escravo a superioridade do amante sobre o marido? Qual será mais apto para fazer a felicidade de uma mulher — um homem que a ame como senhor, ou um homem que a ame como escravo?

Dir-me-ão talvez que, tanto um como outro, não preenchem o ideal da mulher, e que o melhor partido é o de um homem que a ame de igual para igual.

Não. Essa igualdade é bonita, mas é impossível e, se fosse possível, seria inconveniente. A mulher, já pela sua especial constituição física e intelectual, já pelo seu natural estado de passividade, não pode em caso algum ser a igual do homem com que vive.

O raro caso da absoluta superioridade da mulher é uma anomalia que traz fatalmente o desequilíbrio no casal.

É justamente dessa desigualdade perfeita, desse contraste de aptidões físicas e morais, que nasce a sublime harmonia do amor. É com a variedade de competências e de necessidades de cada um, que os dois se completam.

Pois se até na idade e na estatura física é conveniente, para o bom equilíbrio de um casal, que haja certa inferioridade da parte da mulher! No que precisa haver identidade é no ponto de educação social e no grau de colocação na escala etnológica. E, ainda neste particular, caso não seja possível obter a igualdade, dada a circunstância de que uma das partes do casal tenha de ser, na raça ou na condição, inferior à outra, é preferível, para todas as conveniências e efeitos, que a parte inferior na raça ou na condição seja a mulher e não o homem. É mais natural e aceitável ver um branco casado com uma mulata ou um mulato com uma preta, do que ver uma branca ligada a um preto ou a um mulato; pela simples razão de que, na apuração e aperfeiçoamento da casta, a mulher só entra em concorrência como passivo auxiliar.

A mulher, regularmente constituída, não quer para sócio na procriação, nem só um indivíduo que lhe seja etnogenicamente inferior, como não quer um homem organicamente tão ou mais fraco do que ela, nem quer também um que lhe seja igual na falta de energia e de ação, mas sim quer um ente superior, que lhe sirva de firme garantia à sua fraqueza e a seu pudor; quer um homem que lhe possa dar conselhos e amparo, e, se tanto for preciso, até o próprio castigo.

Sim, o castigo. — Um bom e verdadeiro amante é sempre um pouco pai da mulher amada.

O marido, esse é que nunca é mais do que o par de sua mulher, e com ela discute de igual para igual, com ela dueliza e luta, como um sócio disputando sobre os seus interesses com o outro sócio que o quer lograr. Ela não teme desgostá-lo com as suas palavras duras e injuriosas, porque não tem receio que ele lhe fuja — o cabresto do casamento é rijo e apertado.

Desde que a mulher reconheça no amante a indispensável superioridade, não pode, como aquela, ver nele o seu escravo, mas o seu dono, o dono da sua vontade e do seu corpo; e, no passivo enternecimento de julgar-se um objeto dele, reside a sua felicidade de mulher que ama e é amada.

A mulher, creiam todos, sente prazer em reconhecer-se passiva, em ver em si um ente fraco e por isso mesmo digno de respeito; goza com sentir indispensável o apoio moral e físico do homem a quem se entregou toda inteira, toda confiante, de olhos fechados. Se ama deveras o seu concubinário, pode este fazer dela o que quiser, uma heroína de abnegação e bondade, como pode fazer o mais perverso dos facínoras. Dele tudo depende, porque nela é ele quem manda, ele é o senhor e governa.

As romanas antigas, talvez se divertissem menos, porém deviam ser muito mais felizes no interior do lar do que as nossas esposas modernas; e eram mais felizes porque eram mais mulher, e os seus homens eram mais homem.

Ao inverso do que sucede no comum dos casamentos de pura conveniência burguesa, a mulher mais ama o seu amante quanto mais este avulta e cresce no conceito público, por conseguinte mais o ama quanto mais ela diminui ao lado dele, até reduzir-se às ínfimas proporções de simples fêmea amorosa. E só então é verdadeiramente feliz no amor.

Isto, já se vê, só se pode dar no caso do amante e nunca do esposo, porque é justamente da prática do oposto desse fato que nasce o invencível desconcerto entre os casados e o fatal desequilíbrio da vida conjugal. É que a mulher casada quer, geralmente, emparelhar com o marido e acompanhá-lo nas regalias da consideração pública e na glória das conquistas sociais, sem se lembrar de que, se ele cresce, é pelo talento, ou pela bravura, ou pelas virtudes enérgicas, ou simplesmente pela atividade na intriga política; cresce enfim pela ação ou pela produção intelectual; cresce porque luta e vence. Ao passo que ela ambiciona acompanhá-lo no mesmo voo, substituindo aquelas asas fortes de que ele dispõe, por uma coisa única — o amor; quando não é pela simples circunstância ridícula de ser esposa dele. Mas, valha-me Deus! o amor físico é uma função material e privada, é um instinto, é o instinto da conservação da espécie, como a fome é o instinto da conservação pessoal — nada mais! E, se o fato de ser mulher de um homem ilustre lhe desse a ela os mesmos direitos por ele conquistados pelo talento ou pela ação, seria isso uma distinção adquirida sem esforço e por conseguinte sem mérito e até odiosa.

Estou farta de ver todos os dias na imprensa o nome de certas senhoras figurando com indecorosa insistência à frente de subscrições públicas, de programas de festas patrióticas, de manifestações de vários gêneros, e até como título de estabelecimentos de instrução ou de caridade, e tudo isso só porque são casadas com homens postos em evidência pela política do momento ou pela alta soma de seus haveres. Ora, tinha vontade de saber se essas esposas, que tão afoitamente emparelham com os maridos nos seus prósperos voos de glória, estariam também dispostas a acompanhá-los ao patíbulo, ou a cumprir a pena de galés perpétuas, se a tais fossem eles condenados.

E nada, todavia, seria mais justo, porque — quem come a carne deve roer os ossos!

O que fatalmente acontece, no caso vulgar dessa tentativa de emparelhamento no vôo da ambição do homem público, é que a mulher não consegue subir com o esposo, nem fica também no ponto onde nunca devia ter saído — o lar, que é o seu posto de honra, e onde, tanto mais ela cresce quanto mais se afunda.

Daí o desequilíbrio doméstico e a infelicidade de parte a parte, quando no casamento o marido é um homem notável ou ambicioso.

E se a mulher tem elementos individuais para subir também, tanto pior para os dois, porque nesse caso marido e mulher já não representam um casal, que se ama e se constituiu para procriar, mas tão-somente dois êmulos, ávidos de glória, disparados em carreira, a disputarem o passo um ao outro.

Nessa hipótese, o convênio conjugal desaparece totalmente, sem deixar vestígios. Observe-se para exemplo a vida dos artistas, principalmente cantores e atores, que se casam entre si.

Se a felicidade conjugal fosse coisa possível no casamento como ele é entre nós, o único tipo de esposo, ainda assim capaz de proporcioná-la à mulher, seria o pacóvio que lá para trás ficou etiquetado com o rótulo de "Bom marido", ou então, o que infelizmente deve ser muito difícil de acontecer, quando a mulher, por uma feliz intuição do seu destino, fizesse do próprio esposo o seu amante e tomasse corajosamente, não à sua direita, mas à sua esquerda, a posição subalterna de uma amiga apaixonada.

A estatura moral da mulher em relação ao seu homem dever ser como a sua estatura física — ela não deve ficar-lhe nunca abaixo do coração, nem tão alto que chegue a nivelar a sua cabeça com a dele. O casamento seria talvez suportável, se a esposa compreendesse esta verdade, mas em geral a mulher casada, nem só pretende alcançar a estatura oficial do marido, como ainda quer excedê-la na consideração pública. Nada há mais intoleravelmente ridículo do que a mulher de um homem ilustre possuída da sua alta posição, quer dizer, da posição que lhe reflete o marido, porque ela só por si nada representa. E, ah! quanto isto é frequente nesta nossa sociedade! quanto é frequente o orgulho em pobres criaturas casadas com altos indivíduos, que todavia são, pelo sue lado, o mais singelo exemplo da modéstia!

Com a amante não há receio que aconteça o mesmo. Esta, não podendo acompanhar o amigo nos vôos empreendidos pela conquista da glória, porque a sociedade não lho permite, deixa-se ficar cá embaixo, no lar, reduzida ao papel de caseira, e com isso tem garantido a sua felicidade e a dele.

Conclui-se pois que um amante é mais apto que um marido para fazer a felicidade da mulher; e então, uma vez que minha filha não tivesse de viver eternamente só, seria preferível dar-lhe um amante.

Mas, e a sociedade?...

* * *

Sim, teria eu a coragem de afrontar com inabaláveis e velhos preconceitos estabelecidos até hoje?... Só o casamento, segundo os nossos ilógicos costumes, tão injustos para o meu sexo, dá à mulher o livre exercício de seus direitos naturais e só dele podemos receber a consagração da maternidade, que é o ato capital e mais transcendente no destino genérico de nós todas.

Substituir o marido por um amante é fácil de dizer aqui nestas páginas, mas, na vida real, é coisa delicadamente difícil de pôr em obra.

E minha filha, que não foi criada fora da sociedade, estaria disposta a consentir nisso? Não se julgaria lesada na substituição e eternamente ferida no seu decoro? E afinal, no fundo, qual de nós duas teria razão e bom senso: eu em dar-lhe um amante; ou ela em rejeitá-lo? E quem me diz que, assegurando-lhe a felicidade doméstica, não iria por outro lado fazê-la muito mais desgraçada, privando-a dos gozos e das regalias, que o casamento proporciona à mulher, fora dos limites do leito, e do quarto, e que a sociedade nega formalmente a toda e infeliz que lhe não é endossada por um representante legítimo?... As quatro paredes de uma alcova de amor podem conter um vasto paraíso de intérminas esperanças e um mundo de venturas; o pequeno espaço de uma cama é, entre todas as vastidões da terra, o campo mais largo e mais importante no destino do homem — é aí que ele morre. Sim senhor! tudo isso é verdade e em tudo isso eu creio; mas não entrarão também, como requisitos de felicidade na vida de uma mulher de hoje — os bailes, o lírico, a estação em Petrópolis, as águas de Caxambu, os domingos de corrida, o jogo, os jantares diplomáticos, a palestra e a convivência enfim com o escol da sociedade?...

E, o que é mais sério, um amante, por melhor escolhido por mim, faria com efeito a felicidade de Palmira? ou, quem sabe, se a razão do tédio e das dolorosas falhas da vida conjugal não residiriam particularmente na forma da ligação, mas em qualquer outro fato que tanto entrasse na esfera da ligação legítima como na da ilegítima!...

Sim, porque meu marido foi em algum tempo também meu amante; uniu-se comigo porque me amava e era fervorosamente correspondido; eu reconhecia nele um ente superior e sentia-me feliz em precisar da sua proteção. E tudo isso não impediu, apesar de nossa lealdade de conduta, que Virgílio se sentisse farto de mim e eu dele igualmente; o que fez de nós, até nos separarmos para sempre, dois desgraçados que amaldiçoavam, cada um no segredo da sua íntima miséria, a existência de galés que arrastávamos ao lado um do outro.

Ah! minha filha, minha filha! inda uma vez te digo que em verdade só tu foste a minha consolação e a minha ventura; não quero que mais tarde possas, por tua vez, dizer o mesmo, porque a maternidade, só por si, não constitui, ou não deve constituir, a felicidade completa de uma mulher.

Não! Hás de desfrutar todo inteiro o quinhão que te toca no banquete da vida! hás de gozar o que a natureza generosamente criou para o conforto da tua alma e do teu corpo! Fruirás todas as delícias de que for capaz a poesia do teu amor; terá todos os beijos que te pertencem; terás a realização de todos os teus castos e voluptuosos sonhos de moça! E terás também, ao lado disso, todos, todos os prazeres, que a sociedade em que nasceste proporciona dentro do seu orgulho e dentro da sua vaidade!

7

A promessa estava sinceramente feita, mas qual seria o meio de a cumprir? Onde estaria afinal a misteriosa causa de se não poder obter essa felicidade que parece à primeira vista tão simples, tão natural e tão justa? Qual seria o meio de tornar, não só possível, mas deliciosa, a vida em comum de dois entes, que se amem e queiram viver eternamente um para o outro?

Como conseguir a vida reta de um casal, sem a privação do amor, que é a base de todas as felicidades da mulher perfeita, mas também sem essas intermitências do tédio, sem os tristes desfalecimentos do entusiasmo de parte a parte? Como descobrir para a minha Palmira uma existência larga, completa, boa e fecunda, sem as misérias do casamento e sem as misérias da mancebia; sem os beijos hipócritas, sem os vergonhosos recursos do fingimento conjugal, que fazem dos casados verdadeiros cabotinos do amor; mas igualmente sem as decepções amargas, e as dores escondidas, e as melancolias da exclusão social e o estéril arrependimento dos casais ilegalmente constituídos?

Oh! Era impossível que não houvesse recurso para obter um ideal lógico e tão humano! Era impossível que não pudesse eu evitar para minha filha o grande mal que me estragou toda a vida! Era impossível que não houvesse um meio de salvar a pobre criança da desgraça que a esperava; um meio de evitar que ela naufragasse como eu naufraguei, apesar da minha virtude e apesar do amor e das boas intenções de meu marido!

Sim, sim! o meio havia de existir, e eu havia de descobri-lo!

* * *

E desde esse momento, não descansei mais um instante. Dediquei todo o meu pensamento, todo o meu coração de mãe, todo o meu esforço, em descobrir o meio salvador.

Principiei por estudar-me a mim mesma; estudei-me longa e pacientemente, dissecando, um a um, todos os grandes e pequenos fatos que encheram a minha vida conjugal, e procurei descobrir quais deles marcavam as épocas divisórias dos três estados que conheci ao lado de meu marido; a saber: 1º) o estado de completa e franca felicidade moral e fisiológica; 2º) o estado de transição, estado de dúvida, de tristeza sobressaltada e vago ansiar por uma felicidade, que eu não podia determinar qual fosse, mas que me fazia muita falta à vida e me tornava inconsolável como mulher. Foi durante esse segundo período que nasceu, e começou logo a acentuar-se, a minha indiferença genésica por meu marido. Foi também nesse período que acabei de amamentar Palmira; 3º) o estado de crescente hipocondria, depois tédio e cansaço, e afinal repugnância absoluta pela vida matrimonial, o que transformava em verdadeiro sacrifício, sacrifício insuportável, a existência em contacto com meu esposo, a quem todavia continuava a estimar muito, não tanto quanto a minha filha, nem também em segundo lugar, mas logo em terceiro. O segundo lugar na minha afeição cabia já ao homem, que até hoje ficou sendo o meu amigo e o meu verdadeiro amado, o Dr. César Veloso, de quem lá para adiante terei muito que dizer. Só o conheci já em meio deste terceiro período, e desde então minha alma foi, a pouco e pouco, se chegando para ele... mas não é disso que se trata por enquanto. Vamos ao que importa:

O primeiro estado começou na minha época de noiva, e sustentou-se até quase ao termo da aleitação de Palmira. Esse período feliz foi apenas falhado por alguns senões da lua de mel, como explicarei depois; coisas de grande alcance, mas de possível correção, quando se tratasse do casamento de minha filha. O segundo estado durou quatro anos, e o terceiro três, até à minha definitiva separação de Virgílio.

Voltemos ao primeiro: Com a puberdade, como que se abriu defronte de meus nascentes desejos um mundo de misteriosas delícias, um vasto caminho de ternura e de esperanças, verde, alegre, risonho, todo iluminado de um sol novo e desconhecido para mim, que me embriagava a alma. E esse desejado caminho perdia-se infinitamente pelos meus sonhos de donzela, por entre uma cheirosa alameda de laranjeiras em flor.

Como suspirei estendendo o meu casto desejo por esse longo e misteriosos caminho desejado! Como eu então, pobre de mim! supunha que o meu destino fosse uma indefinida cadeia de satisfações de todo o meu ser; e que este, sob o fecundo eflúvio do amor de meu noivo, iria desabotoar amplamente, como uma rosa ao sol, transbordante de seiva e de aroma! A ideia de um filho me vinha já ao espírito, mas na poética imagem de um pequenino botão de flor ao lado de outra flor maior, plenamente desabrochada, que era eu.

Dores, decepções, fastios e tédios, não entravam jamais no cantante programa da minha felicidade. E note-se que eu não era, à semelhança de muitas das minhas amigas, o que se pode chamar uma moça romântica. Não sonhei nunca para meu noivo algum príncipe encantado, nem algum singular e formoso aventureiro, que viesse de longínquas paragens, galgando precipícios e vendendo insuperáveis escolhos, para chegar até a mim e depor a meus pés o seu coração de poeta enamorado e a sua gloriosa espada de cavalheiro.

Não, e acho que essas donzelas, que sonham assim torto, são verdadeiras aleijadas do coração, deformidade consequente de uma moléstia que grassava muito quando eu tinha dezoito anos — a infecção romântica, com caráter pernicioso e acompanhada de crises agudas de delírio e perturbações cerebrais. O que eu via no casamento, graças a Deus o digo, em boa consciência e com orgulho do meu bom senso, era o legítimo direito de uma felicidade natural e honesta. Sonhava um noivo razoável e verosímil; sonhava um rapaz de gravata e fraque, sadio, inteligente, ativo, honrado e bem-parecido.

Era ainda sonhar muito, mas, apesar disso, encontrei o ideal dos meus sonhos.

Quando encarei com Virgílio pela primeira vez, meu coração disse-me baixinho: "Ei-lo aí está, o invasor! Prepara-te, pobre fortaleza, que vais ser tomada de assalto e conquistada!" Rendi-me logo ao primeiro ataque — o seu primeiro olhar venceu-me. Não sei o que me segredou estar ali naquele moço, tão sério e tão amável, quem devia ser o meu companheiro no risonho mundo, que os olhos da minha alma, e os meus sentidos ainda mal acordados, pressentiam com frêmitos de felicidade.

Eu era um bom partido: além do dote, havia de herdar muito de minha avó; já não tinha pai nem mãe. Esta última desgraçada circunstância era ainda considerada uma vantagem pelos burgueses mal-educados, que veem na sogra e no sogro os principais inimigos da sua tranquilidade; como se a tranquilidade absoluta fosse coisa possível no casamento comum.

O casamento é quase sempre um duelo, em que um dos dois adversários tem de ser vencido; os sogros nada mais são que as testemunhas oficiais, imediatamente interessadas na luta.

O meu dote tirava-me pois da ridícula situação em que se acham muitas moças, coitadas! que não podem, como eu podia, escolher noivo. Virgílio, pelo seu lado, era também um excelente partido; de sorte que nenhum de nós dois teve de representar, nas salas em que nos encontramos e namoramos, o triste e odioso papel de caçador ou de caça.

Meu coração não me enganara quando mo apontou como o ente destinado a iniciar-me na vida sexual. Desde o nosso primeiro encontro, senti logo que ele pensaria em mim com insistência, e comecei a associá-lo a todos os meus devaneios de donzela; comecei a amá-lo.

A flor da minha cândida feminilidade expandia-se enamorada, ao idílico frêmito das asas de outro, que lhe esvoaçavam em torno.

Caía então em longas cismas deliciosas, suspirava sem saber por quê, dormindo, abraçava-me aos travesseiros, estendendo os lábios à procura dos beijos de alguém, que meus braços e meu colo reclamavam com impaciência.

E era sempre e só com Virgílio que eu tinha desses sonhos. Quando ele me pediu em casamento, passei a noite inteira a chorar de alegria. Toda eu palpitava ao anelo daquelas núpcias. Os seus meses de nosso namoro pareceram-me séculos de invariáveis mágoas, tanto eu morria por poder confiar-lhe toda a minha ternura e dar-lhe toda a minha dedicação. Sentia-me ansiosa para lhe mostrar, para lhe provar, quanto eu era meiga, pura, casta; para lhe provar quanto e quanto o amava; para lhe mostrar por palavras, e por atos, e por ações de todo o instante, e por toda, toda a vida, tudo aquilo que eu sentia e que até aí não me permitira o pudor que lhe dissesse ou demonstrasse.

Oh! Que loucura apressar essa época feliz!

E amei-o, amei-o com todo o entusiasmo de minha alma desejando-o mais e mais de dia para dia, vendo nele o melhor, o mais perfeito dos homens, o único digno de ser amado, o único que eu amaria sempre.

* * *

E quanto é belo o amor de uma virgem! Quanto ele é mais forte, mais sincero e mais corajoso que o primeiro amor do homem! O adolescente só vê o seu primeiro sonho de amor através do prisma da poesia; todo o homem é poeta nos arroubos da puberdade; não deseja possuir a mulher que ama, quer ao contrário divinizá-la, fazer dela um ídolo sagrado, diante do qual se ajoelhe compungido e contrito, sem lábios, e sem voz, e sem mãos, senão para a divina prece; sem olhos senão para as estrelas confidentes do seu enlevo. E ela — não! a mulher desde o seu primeiro amor de donzela, já é a mulher, já é a carne, já é o pecado. Menos dominada pela poesia ideal, volta-se mais para o paraíso dos céus. Não vê no homem desejado e amado um ídolo venerando, mas nele vê o senhor e dono do todo o seu ser.

O ideal existe sempre, apenas o dela é mais natural e humano.

O homem na puberdade, ama só com o espírito; a manifestação do seu amor é um transbordamento de resíduos de leituras romanescas e reminiscências poéticas. O seu primeiro amor nunca aproveita para a geração. É muito raro, é raríssimo, encontrar um homem que constituísse casal com o seu primeiro amor; em geral todo o pai, todo o chefe de família, tem, guarda, e conserva, depois do casamento, escondido aos olhos da mãe de seus filhos, a saudade e o culto daquela a quem ele consagrou, na puberdade, as poéticas e suspirosas primícias do seu coração. E a virgem, essa ama logo com todo o seu ser, com todo o seu corpo imaculado. E goza em sentir-se pronta a dar esse mimoso corpo, todo inteiro, ao carnal despotismo do seu amante; goza em senti-lo ameaçado pelas mãos sensuais que se estendem avidamente para ele; goza em abandoná-lo, vencida, e deixá-lo invadir, rasgar, e deixá-lo alterar todo transformando-o de um corpo de virgem em um corpo de mulher.

Ela prevê que o homem não se modificará fisicamente com o novo estado que começa no leito nupcial; ele era já um homem e continua a ser um homem como dantes. E ela? ela vai transformar-se toda, invadida pelo amor até às entranhas; ela sabe já que os seus delicados pomos virginais avultarão, adquirindo novas curvas; que os seus estreitos quadris de donzela ganharão voluptuosas protuberâncias; que o seu fino pescoço de criança vai carnear-se, formando uma garganta cheia de ondulações misteriosas e sedutoras, um branco e tépido ninho para os beijos dele; e que seus olhos se rasgarão, banhados de novos fluidos de volúpias, e que seus olhares serão outros e outros os seus sorrisos, depois do amor consumado; e que seu ventre enfim vai ser consagrado pela maternidade, e seu sangue transformar-se em leite e seu amor transformar-se em vida.

Oh! Pertence-lhe o amor muito mais do que ao homem! O amor no homem é um incidente e nela é um destino, é a missão principal de sua vida. O amor pode nascer ou não no homem e pode abandoná-lo sem deixar sinal de raízes; na mulher apodera-se de todo o seu ser, invade-lhe as entranhas, e nelas cresce, enfolha, floreja e frutifica. E por isso, porque nesse amor de uma donzela entra já a ideia do sacrifício de todo o seu corpo; por isso que ele é mais da terra, mais natural e mais humano; por isso esse amor é sem dúvida melhor que o amor do homem, pois que este precisa para manter-se dos socorros da ilusão e do ideal.

E é por isso ainda que nós mulheres amamos, relativamente, com mais igualdade e mais firmeza que o homem. Em qualquer casal é sempre ele o que primeiro afrouxa de entusiasmo no amor, sendo aliás quem principia com mais intensidade e com mais ímpeto; ao passo que a mulher, passiva desde o berço, escrava por natureza, só chega, em geral, a enfastiar-se do seu companheiro, quando este já não preenche, como homem, os requisitos de sedução, que no mister procriador a natureza exige em benefício do filho.

Esta última razão é um dos pontos capitais da insignificância do casamento como ele está instituído. O encanto, que namora, que aproxima dois indivíduos de sexo oposto, empenhados inconscientemente na formação de um novo ser, é coisa muito mais importante do que parece à primeira vista.

Para que o filho saia um ente perfeito — forte, inteligente e belo — é indispensável que venha em consequência de um perfeito amor. A natureza, sempre amiga e previdente, prepara o terreno para os amantes que têm de pagar o delicioso tributo da reprodução — dá à juventude os atrativos da beleza e a sedução da força e da inocência, como dá à flor o brilhante matiz, a frescura e o perfume, com que ela chama o trêfego inseto condutor do pólen. Mas, quando assim não seja, quando mulher ou homem não tenha algum deles verdadeiros atrativos e reais encantos, o amor, isto é, o instinto da conservação da espécie, substitui no espírito do outro, com a imaginação, os sedutores atributos que faltam na pessoa amada.

"Quem o feio ama, bonito lhe parece", diz o provérbio, e diz a verdade.

Não é, pois, indispensável, para a perfeição do filho, que a mulher seja deveras formosa e o homem um perfeito ideal do amor; indispensável é que eles se amem de fato, porque, se assim acontecer, no momento capital da irresistível atração de um para o outro, ela representa para ele a primeira mulher do mundo, a mais sedutora, a mais terna, a mais amável, e ele representa para ela o melhor dos homens, o mais nobre, o mais apaixonado e o mais digno do seu amor.

Nestas condições, o filho será por força de regra, não como são os pais, mas um ente tão perfeito como eles mutuamente se julgavam, convictos, na providencial ilusão do seu desejo. Donde se conclui que a formação de um filho, rigorosamente perfeito, isto é, que a garantia da seleção humana e o aperfeiçoamento da espécie, dependem mais da imaginação dos pais do que das suas verdadeiras virtudes e das suas qualidades físicas.

Mas, pergunto eu agora, essa ilusão pode existir sempre, entre os dois mesmos indivíduos, durante toda a sua existência íntima de casados? Depois do nascimento e da amamentação do primeiro filho, o homem continuará a ver na esposa a mais desejável de todas as mulheres, e ela continuará a ver no marido o melhor e superior de todos os varões?

Não! Para isso seria preciso a possibilidade de um novo período de fascinação amorosa, de namoro, e uma nova expectativa de lua de mel. Para isso seria preciso que os dois se desejassem de novo como se desejaram da primeira vez, e que se atirassem de novo nos braços um do outro, com o mesmo primitivo entusiasmo, com o mesmo ardor, com a mesma ilusão.

Ora, como não é possível obter de novo essa ilusão, todo o casal, depois de criado o primeiro filho, compõe-se de dois desiludidos.

Mas, se, para que o filho seja perfeito, é indispensável aquele conjunto de circunstâncias auxiliares, e, se o destino fisiológico do homem é procriar, aperfeiçoando a sua espécie, segue-se que — ter um segundo filho, com a mulher inutilizada pelo primeiro — é um crime perante as conveniências gerais da espécie, e é um crime perante os interesses particulares do segundo filho, que será injustamente lesado, que será privado das regalias e das vantagens naturais de seu irmão mais velho. Mas isto é a execrável lei dos vínculos e morgadios prevalecendo ainda fisiologicamente na família! O segundo filho, concebido já dentro do período da desilusão dos cônjuges, é um brutal atentado contra a natureza!

Entretanto, essa mesma mulher, agora inapta para despertar no pai de seu filho aquelas favoráveis ilusões que, aos olhos dele, faziam dela a mais desejável das mulheres, pode ainda acordar noutro homem, com quem nunca viveu na intimidade procriadora, os mesmos fortes desejos, o mesmo ardor, a mesma febre de posse carnal, que dantes levantara no primeiro. E este, que já não serve para encher de sonhos de amor a fantasia da mãe de seus filhos, e talvez nesse momento o objeto dos anelos de outra mulher, que o ronda enamorada, e nele vê o ente escolhido pelo seu desejo, o eleito da sua carne, o único colaborador que lhe convém para a sua missão reprodutora.

A sociedade, porém, não quer que se aproveitem esses dois indivíduos, ainda tão úteis à geração, e obriga-os a ficarem perniciosamente ao lado um do outro, contra todas as leis da natureza.

Ora se tudo aquilo que for contra a natureza é imoral e vicioso, o nosso casamento e, passada a crise do primeiro filho, nada menos do que uma condenável imoralidade.

8

O casamento um ato imoral! Ó meu Deus, a que triste conclusão me arrastaram os meus raciocínios!

Imoral o casamento! — logo, todo o homem ou toda a mulher que persiste ao lado um do outro, depois da amamentação do primeiro filho, é um ente imoral? E minha filha, minha pobre Palmira, teria de ficar eternamente solteira, privada dos seus direitos naturais de mulher, ou teria de ser uma criatura imoral, quer tomando para companheiro de vida um amante, quer aceitando um marido?...

Que horror!

Seria preferível conservá-la virgem, ou seria isto ainda maior atentado? Se o casamento é imoral porque é contra as leias da natureza, o celibato casto também o é pela mesma razão.

Conservá-la virgem! Mas conservá-la virgem seria matá-la por dentro, secando-lhe com a abstinência forçada a vida dos seus mais importantes órgãos, os órgãos direta e indiretamente empenhados na procriação! Mas uma mulher é toda ela, dos seus pequenos pés brancos e fracos, aos longos, cetinosos e tépidos cabelos, um simples aparelho de amor! Tirem-lhe o que foi formado para o conjunto do mister propagador, e o que fica?

Sim! por que tem ela os quadris mais amplos e volumosos que o homem? por que tem as coxas grossas, as mãos mimosas, e pele fina? por que tem peitos tão doces e tão macios? por que tem os lábios vermelhos e a boca livre e desembaraçada de barba, senão para dar beijos? e por que tem o rosto liso e rosado, senão para provocá-los e recebê-los? por que tem os olhos súplices, lamentosos, banhados em ternura e desejo? por que tem os cabelos tão compridos e tão perturbadores? e por que uma longa existência, de menina a octogenária, desde a primeira boneca ao último netinho, ela só viveu para a carícia e para o amor? e só teve uma função real e constante — ˈmar, abraçar, beijar?

Não! minha filha não ficaria assim perdida para o seu verdadeiro destino de mulher!

* * *

Mas, se o casamento como a mancebia eram ambos imorais e não podiam proporcionar a felicidade que eu sonhava para ela, Palmira precisava de um novo cooperante genésico todas as vezes que tivesse de ser mãe. E isso, valha-me Deus! seria a mais completa e feia prostituição; seria perdê-la irremediavelmente para a moral e para a sociedade!

Oh! só agora, depois de pensar em tudo isto, é que vejo quanto fui casta e quanto fui boa; quanto fui sacrificada e quanto fui generosa! Que me não ouçam as mulheres fracas e vulgares; perder-se-iam com a minha dolorosa filosofia. Mas as fortes, as espartanas do lar doméstico, se algum dia souberem do segredo destas confissões, que se consolem com a minha heroica desgraça, porque só essas compreenderão as orgulhosas lágrimas que chorei.

Triste de mim, pobre mãe, cujo único ideal na vida era agora a inteira felicidade de minha filha, e acabava de compreender que semelhante felicidade era impossível, tanto no celibato casto, como no matrimônio, como na concubinagem, como na prostituição. E fora disso, nada havia a explorar.

Que desespero!

* * *

Cheguei a lembrar-me do Mormonismo, a amaldiçoada seita polígama de José Smith. Mas, no dogma dos mórmons, o caso essencial era precisamente contrário ao que me parecia indispensável à felicidade fisiológica da mulher e às conveniências individuais do filho. Lá o homem tem o direito de tomar quantas esposas lhe apeteçam, desde que as possa manter; a mulher, porém, essa há de contentar-se com um só marido, se é que se pode chamar um marido a um homem partilhado por vinte esposas. Um vigésimo de marido!

Ora, se um achava eu insuficiente para bem gerar todos os filhos de uma mulher, quanto mais a vigésima parte de um! Entretanto, lendo de boa-fé a exposição dos princípios filosóficos e religiosos dos mórmons, abalei-me com certos preceitos da moralidade conjugal por eles estabelecida e observada. Afirmam com orgulho que, no mundo civilizado, são os únicos bons e honestos cumpridores do sagrado mandamento de Deus: "Crescei e multiplicai-vos", porque um varão pode procriar duzentos filhos, e uma mulher nunca mais de vinte.

Como, pois, exigir que seja uma só mulher a mãe de todos os filhos que produza um homem, quando precisa ela de dois anos para a gestação, parto e criação de cada um? Não será isso constranger o marido a uma destas três coisas: — ou condenar-se à esterilidade forçada, para não faltar a fé conjugal; ou transigir das regras da boa higiene, aproximando-se da consorte nos períodos em que não deve; ou procriar fora do casal o que lhe fará ser pai de alguns filhos legítimos e, ao mesmo tempo, de muitos e muitos filhos inconfessáveis? Não seria melhor, mais digno e mais generoso, argumentam eles, que o homem, em vez de ter uma só mulher legítima e várias concubinas de ocasião, e que, em vez de ter filhos reconhecidos e filhos abandonados, aceitasse corajosamente as imposições do seu organismo e vivesse claramente, à luz da legalidade, com todas as suas consorciadas, sem subterfúgios desleais e dissimulações ridículas?

E os mórmons justificam-se com os exemplos da Bíblia: Lamech, filho de Methusael, teve duas mulheres — Ada e Zilia; Jacob quatro; Abrahão muitas mais; David todas as que herdou de Saul, e Salomão nunca menos de mil.

E entendem que só a poligamia pode realizar o grandioso fim do matrimônio — multiplicar e apurar a espécie; e que ela é a regra instintiva e natural em toda a extensa ordem dos mamíferos que povoam a terra, e que ela é ainda a garantia da felicidade conjugal e dos direitos fisiológicos e sociais da descendência.

Não há dúvida! Tudo isso pode ser muito justo e muito razoável, apenas acho que os senhores mórmons legislaram conforme os seus interesses de homem e conforme os interesses da sua descendência, mas sem pensar absolutamente nas delicadas conveniências morais e físicas da mulher. E como a minha única preocupação era o interesse de minha filha e não o do marido que ela viesse a ter, vi e apreciei o revolucionário dogma social pelo lado contrário ao ponto de vista dos autores, o que fez com que a minha impressão fosse diametralmente oposta à deles. De resto, quando fosse com efeito o casamento polígamo o melhor e mais aceitável de todos, iria eu carregar com Palmira para Salt Lake City, abandonando a minha pátria, os meus amigos e os meus interesses no Rio de Janeiro? E para quê? para a levar a um sultão? para a deixar cair no serralho de Utah, como se deixasse cair uma franga dentro de um galinheiro?

Não! De tudo que li sobre os mórmons, só uma coisa me aproveitou, foi o desejo de consultar a Bíblia a respeito do que era possível fazer pela felicidade de minha filha. E aí, sim, encontrei afinal a chave do problema que me atormentava.

* * *

Foi na Bíblia, foi nessa inesgotável fonte de consolações para os que sofrem, foi nesse eterno poema de amor, que me orientei sobre o único caminho que tinha a tomar.

Depois da lição dos capítulos XII e XV do Levítico, convenci-me de que o mal do nosso casamento não estava precisamente na monogamia, mas só no meio de exercê-la; convenci-me de que um marido, para não perder a ilusão do seu amor conjugal, precisa afastar-se da mulher em certas ocasiões. Eis tudo!

Como afinal é sempre intuitiva e simples a base dos maiores problemas da nossa vida! Mas prossigamos:

A eterna permanência de um homem ao lado da esposa obriga-os a prosaicas intimidades inimigas do amor, (amor sexual) e acaba fatalmente por azedar-lhe o gênio e trazer a ambos o fastio, o tédio, a completa relaxação do desejo, e afinal a explosão dos caracteres em perene atrito, e as brigas, a troca violenta de injúrias, e, muita vez, se os desgraçados por falta de educação não souberem conter os seus ímpetos nervosos, o pugilato e até o homicídio.

"L'amour finit par s'aigrir, comme le vin qui reste trop longtemps en bouteille", reza a velha filosofia dos provérbios.

O primeiro ponto da minha questão era, pois, fazer desaparecer a imoralidade de dentro do casamento monógamo. Ora, este casamento era imoral e trazia o tédio e o cansaço por parte de cada um dos cônjuges, só porque depois do desempenho do primeiro filho, o pai e a mãe incompatibilizavam-se entre si para a concepção perfeita de um novo descendente. Tratei pois de descobrir em que consistia a causa dessa incompatibilidade. Não foi preciso grande esforço de inteligência para dar logo com ela: É que o entusiasmo sensual, o amor, de um pelo outro consorte, era um puro produto da imaginação e do desejo de ambos, e desde que os dois se não separavam nunca, nem só se podiam desejar de novo, como igualmente não podiam manter, de parte a parte, a mútua e cativante impressão que os havia ligado.

O instinto da conservação da espécie, que é o amor, deve ser de qualquer modo tratado como o instinto da conservação pessoal, que é a fome. Não há estômago que resista a faisão-dourado todos os dias; o melhor acepipe, se não for discretamente servido, enfastiará no fim de algum tempo. O mesmo acontece no matrimônio: os cônjuges acabam invariavelmente por se enfararem um do outro, não pelo uso que fazem do seu amor, mas pelo abuso mútuo da convivência e da ternura.

Se tens um prato predileto, que se dá bem com o teu paladar e com o teu estômago, e o qual não podes ver sem sentires a boca lubrificada pelo apetite, não abuses desse estimável prato, para que ele se não inutilize para o teu desejo, e para que possas continuar a saboreá-lo com o mesmo gosto; e principalmente não comas dele sem boa vontade.

A pessoa amada ganha sempre valor e novo prestígio aos olhos do amante, quando dele se afasta por algum tempo. É nessa reforçadora ausência que ela é mais desejada e querida. Dois amantes, inopinadamente arrancados dos braços um do outro e desunidos por um pequeno espaço de tempo, continuarão a amar-se e a cobiçar-se com a mesma primitiva intensidade de antes da posse; enquanto, deixados tranquilamente juntos, na mesma casa, na mesma mesa, na mesma cama, no fim de alguns meses já nenhum dos dois enxergará no companheiro os elementos de sedução que os inodou sacramentalmente, e cada um há de perguntar de si para si, com a mais sincera estranheza, por que diabo se apaixonou por aquela criatura que ali está a seu lado, a ponto de unir-se com ela para sempre, por um voto eterno?

E tanto assim é, que, no caso, infelizmente tão comum, de homens casados que mantêm uma concubina fora da casa em que moram, e com a qual não convivem todos os dias, nem todas as noites, mas que frequentam a furto, uma vez por outra, amam sempre e sempre, dado mesmo a hipótese de igual valimento físico entre as duas, muito mais a amante do que a mulher legítima, e são por ela capazes de sacrifícios e esforços que já lhes não merece a esposa.

Dir-me-ão alguns que é porque mesmo ele nunca amou deveras a consorte; que se enganara quando supunha amá-la, e que só depois do casamento, já irremediavelmente tarde, reconheceu o seu erro; e que na outra mulher fora encontrar afinal a "afinidade eletiva", ensinada por Goethe, e pois sentira-se irresistivelmente arrastado para ela.

"O amor que pôde extinguir-se não era amor!" dir-me-ão outros com o poeta.

Pois sim! era bastante que aquelas duas mulheres trocassem as posições entre si, para que o decantado amor também trocasse de objetivo. Fosse a concubina morar com o amante, conviver com ele noite e dia; e começasse a esposa a ser visitada pelo marido somente de longe em longe, em furtivas escapulas, e veríamos qual delas seria, no fim de algum tempo, a mais amada e desejada — a amante de cama e mesa ou a esposa proibida?

Há muito exemplo de marido, que só vejo a amar deveras à mulher, depois que esta lhe fugiu para os braços de outro, ou de outros.

Quando um homem e uma mulher são condenados por lei a viver eternamente inseparáveis, o corpo pode ceder a tal violência, mas a imaginação, que é a mãe do amor, essa reage e foge, põe-se ao largo, onde as suas asas encontrem livre o espaço e o vôo franco. O espírito do homem é por natureza independente e só se poderá escravizar a uma mulher, o que não é tão comum, quando o faça, não por lei de qualquer espécie, mas por livre e espontânea vontade.

A legítima esposa, que vive inalteravelmente ao lado do marido, pode, a força de virtude e de bondade, conservar e até desenvolver a estima, a consideração e o respeito, que ele lhe tributa; pode ser amada moralmente. Mas o outro amor, o sensual, esse belo instinto tão necessário ao bom resultado da progênie, esse vai para a mulher ilegal, para a inconfessável amante, cujos beijos são mais apreciáveis, porque são mais raros, cujas horas de convivência são preciosas, porque são contadas, minuto a minuto, e cujo ligeiro contacto de corpo é sempre, para ele, um gozo conquistado, seja pela ternura, seja pelo dinheiro, e nunca um dever imposto por lei ou um direito exercido com sacrifício.

Estava afinal achado o X do meu grande problema. Consistia em nada mais do que uma pequena inversão de princípios. O meu raciocínio concludente era tudo o que há de mais simples; era o simples:

Um casal vulgar só pode ser feliz enquanto dura de parte a parte a ilusão do amor sensual que o determinou; uma vez esgotada a provisão de amor ou de ilusão, o casal deixa de ter razão de ser e deve ser dissolvido. Logo, a mulher, para ser fisiologicamente feliz, precisa substituir o seu amante por um novo, desde que ele não continue a exercer sobre ela o fascinante prestígio que a cativou. Ora, sendo de todo impossível substituir assim um esposo, o que restava a fazer? — Substituir a ilusão. O ator seria sempre o mesmo, os papéis, representados por ele aos olhos da consorte, é que teriam de variar e seriam sempre novos.

Minha filha, pois, conhecendo um só homem, teria nesse homem uma bela e sedutora variedade de amantes.

Mas, como chegar a semelhante resultado? Como obter na vida prática a execução de tão revolucionário sistema? Como vencer a exigência dos velhos costumes e arraigados hábitos domésticos e sociais? Como poderia eu dispor assim de meu genro e governá-lo na sua íntima vida conjugal? Como conseguiria reformar-lhe ou reforçar-lhe, de quando em quando, as suas qualidades insinuativas e os seus dotes de sedução e encanto, para desse modo manter o amor de minha filha sempre no mesmo grau de entusiasmo?

Eis o que principiei a inquirir com alma e coração, até chegar a um resultado satisfatório, como exporei neste manuscrito, se Deus para tanto me conservar vida e saúde. Posso afiançar desde já é que ao amor de mãe nada é impossível por mais transcendente que pareça, quando se trata da felicidade do filho; e que eu, longe de desanimar com o peso da tarefa que me impunha, sentia a minha confiança cada vez mais segura e forte nas energias do meu coração materno.

9

A invariável convivência matrimonial é coisa muito séria, é a grande razão da corrente infelicidade doméstica, é a causa imediata da fatal desilusão dos cônjuges, mesmo daqueles que se casam por amor legítimo e verdadeiro, como eu me casei; é fonte de inevitável desgraça para a vida inteira, desgraça que os noivos ainda mais agravam, imprudentemente, com os recursos artificiais e hipócritas do namoro, quando aliás a mocidade, a graça natural e o amor, deviam ser os únicos agentes da atração que os ajunta e abrocha.

Quando um moço, ou uma moça, quer casar, qual é o seu primeiro cuidado? — Enfeitar-se; ou melhor — disfarçar-se.

Ela recorre às torturas do espartilho para fazer a cinta inverossimilmente fina, às torturas dos sapatinhos apertados para fazer o pé microscópico; recorre aos arrebiques, ao pó de arroz, às opiatas, ao dentista, ao cabeleireiro, à modista. De feia pode fazer de si uma dessas elegantes bonecas de salão, por quem às vezes os homens se enfeitiçam. Ele, por outro lado, trata logo de dar brilhantina e cosmético ao bigode, calça-se com esmero, e estuda os meios, não de conseguir a própria felicidade e a daquela que pretende para esposa, mas de tornar-se irresistível dançando a valsa; e põe monóculo, e faz versos, ou arranja quem lhos faça. E ambos, depois de bem enfrascados em perfume, depois de bem adornados e convertidos no que não são, esforçam-se, cada qual com mais empenho, em esconder aos olhos do outro os seus defeitozinhos e as suas pequenas misérias de entes civilizados.

Ela, coitada! para de si dar cópia de um ser poético e vaporoso, recita poesias sentimentais ao piano, fala de coisas românticas que pescou de relha, levando a comédia ao ponto de não querer à mesa, se houver rapazes presentes, quase que tocar nos pratos; e suspira, e requebra os olhos, e sibila os ss, e remexe-se toda, e toma langorosas posturas estudadas; e quando anda, e quando fala, e quando dança, e quando pousa na cadeira, é sempre com a mesma simulação e fazendo mil esgares de faceirice, mil trejeitos de ingenuidade e ao mesmo tempo de provocação amorosa.

Ele, bem barbeado, cheiroso, limpo e janota, afeta grande pureza de costumes e de maneiras, escolhe para a conversa assuntos finos e termos convenientes; faz-se terno, cordato, circunspecto, com um gênio de anjo; e fala do seu amor e do seu futuro conjugal, com tal doçura e tão voluptuosa virtude, que uma donzela ao ouvi-lo imagina logo que a vida, em companhia de semelhante puritano, há de ser uma nova edição, correta e aumentada, do paraíso, antes da gulodice da maçã.

E assim, mutuamente enganados, mutuamente iludidos e engodados — casam-se.

Essa ilusão servirá para a garantia do primeiro filho. Está muito bem! Mas ainda os dois falam entre si e com os amigos em "lua de mel", e já cada um por sua conta começa a descobrir no companheiro imprevistas particularidades, reais e prosaicas, que vão surdamente desdourando o insubstituível prestígio poético que exerciam um sobre o outro.

Hoje um flato mal disfarçado, amanhã um ligeiro transbordamento de humor bilioso, em seguida uma cólica desmoralizadora, e em breve o marido já se não esforça por esconder os seus calos e a sua dispepsia, nem a esposa tem o cuidado de caracterizar-se de mulher bonita: já não mete os cabelos em papelotes para os trazer crespos sobre a testa, já não aperta com sacrifício a cintura e os pés, já não arma aqueles divinos sorrisos provocadores que parecia fazerem parte integrante da sua fisionomia, e já não arranja aqueles fascinantes olhares voluptuosos, que foram talvez o que mais decisivamente determinou a conquista do homem que agora é seu marido.

E as pequenas e apoquentadoras misérias do gênio e do caráter, que se vão revelando dia a dia? E os egoísmos feminis? E os desleixos do corpo, que não chegam a ser desasseio, mas que já não são, decerto, o sedutor perfume que ambos sentiam um do outro, durante o período do namoro, e sob cuja influência se amaram, e se desejaram, e se tiveram?

O cheiro! Que importante papel representa ele no amor conjugal e nos destinos da família!...

As secreções da pele são às vezes um terrível inimigo das ilusões do nosso amor de hoje, mesmo aquelas que a natureza em nós criou ingenuamente para lubrificante estímulo dos sentidos. É que a natureza não contava com a degeneração do olfato, produzida pelo abuso, pelo vício, dos perfumes, das essências, dos desinfetantes e vinagres aromáticos, e mais das balsâmicas pastilhas de serralho e do odorante fumo do tabaco. O homem e a mulher, que se casam, só vêm a conhecer um do outro o verdadeiro cheiro, depois de rigorosamente unidos pelos inabrocháveis fechos do matrimônio, quando está mais que provado que, no amor, o cheiro particular do indivíduo tem ação tão poderosa como a cor da sua tez e dos seus cabelos, como o timbre da sua voz, a expressão do seu olhar e da sua boca, o feitio do seu corpo e o caráter geral do seu modo de ser. O olfato tem as suas idiossincrasias, tem as suas antipatias e as suas inclinações, como as têm o ouvido, o paladar, os olhos e o tato. Nos esponsais, os direitos desse sentido, tão respeitáveis como os dos outros seus congêneres, são perfeitamente ludibriados pela perfumaria de toucador, sem calcularem os noivos o perigo que com isso corre a sua futura felicidade doméstica.

O cheiro natural do corpo é por vezes o bastante para desfazer o laço amoroso de um par, mormente quando um bom perfume artificial, usado com insistência e regularidade, tenha, de parte a parte, como que servido de medianeiro durante o tempo de namoro. Os perfumistas são, sem dar por isso, grandes promovedores e grandes dissolvedores de casais.

O gosto e o desgosto do olfato têm máxima importância na questão do amor genesíaco. A mulher, durante certos períodos fisiológicos, deve ser para o marido um ente inacessível, deve ser sagrada; já não digo só com respeito à comunhão sexual, mas ainda para a simples coabitação do leito ou do quarto. Ele, durante esse tempo, nem só não lhe deve tocar no corpo, como até nem dela se deve aproximar.

Eu digo — sagrada: a Bíblia lhe chama — imunda.

E já explicou um filósofo humorista que o casamento era sempre uma permuta, mas não de almas e corações, e sim: durante o dia — de maus humores; durante a noite — de maus odores.

Não convenho nesta jocosidade de mau gosto, mas a mulher, com efeito, naquelas ocasiões, torna-se repulsiva pelo cheiro. A mesma natureza como que assim está insinuando que o homem deve então afastar-se da esposa. O homem, porém, é teimoso e deixa-se ficar; fica por falsa compreensão dos seus deveres de ternura, ou fica por negligência e preguiçosa sujeição aos hábitos.

E a mulher afinal torna-se grávida, e o imprudente continua a dormir ao lado dela. Vêm as enojosas manifestações da crise gestante, as dores matrizes, os enjôos, as desagregações pituitárias, os vômitos, o mau hálito, as aberrações histéricas do gosto — e o teimoso não se despega.

E começa então para os dois uma existência de indecoroso promiscuidade; já não escondem absolutamente um para o outro os seus bocejos e as suas mais repulsivas expansões do corpo. É como se não estivessem juntos; cada qual, sem poder fugir à indefectível necessidade do isolamento — pois que todo o homem precisa de horas de solidão, como precisa de horas de sono, de horas de trabalho e de horas de convivência e prazer — e, não podendo evitar nos seus lazeres a presença do companheiro, abstrai-o do espírito, e acaba por ficar só, inteiramente só, ao lado dele.

E se um dos dois adoece gravemente, fica o outro a servir-lhe de enfermeiro, a mudar-lhe as roupas enxovalhadas, a aplicar-lhe vesicatórios, a dar-lhe purgantes e a ajudá-lo em todos os mais íntimos misteres.

Mas onde está, que fim levou, aquele airoso dançador de valsas, aquele gentil mancebo, que não seria capaz de exibir-se a ninguém, e muito menos à noiva, senão depois de caprichosamente apurado na roupa, no cabelo, nos dentes e nas unhas? aquele irresistível galanteador, que dizia coisas tão finas e que fazia versos tão lindos, e trescalava a sândalo ou cananga-do-japão? E onde está aquela mocinha vaporosa, que era toda graça, delicadeza e perfumes, e que mostrava uma cintura e uns pezinhos tão provocadores, e uma cabeça tão primorosamente penteada, e um colo, e uns olhos, e uma boca, tão misteriosos e divinos?...

— Oh! Isso foi durante o tempo do namoro! dizem eles. — Hoje somos "papel queimado!" Hoje somos "feijão com carne-seca!"

— Muito bem! replico eu; mas os dois que se amaram eram aqueles dois que desapareceram e não vós, que agora aí estais defronte um do outro, sem saber por que e para quê!

— Oh! mas agora nós nos estimamos muito mais. Se desapareceu a ilusão do amor, ganhamos em compensação um pelo outro uma bela amizade que dantes nos não ligava.

— Mas, adorável casal, tu te não constituíste para formar dois bons amigos íntimos, que nenhuma reserva têm entre si e que só desejam conservar a sua boa amizade! Tu, mancebo desiludido, e tu, querida dama despenteada, não vos unistes pelos laços da amizade, mas sim pelos laços do amor, o que é muito diferente; e, uma vez que já não existe amor entre vós, continuai amigos, mas separai-vos de corpo; que vá cada um procurar além novo consórcio para o seu amor, porque ainda podeis ser aproveitados para a única verdadeira missão que a natureza exige de vós, procriar, e procriar bem.

— Ora, respondem eles. Mas nós somos felizes assim!...

— Não sois tal! Ah! eu conheço já de longa data essa confissão de felicidade a vosso modo! Vós, maridos, sois todos muito felizes; mas quem tomar a sério os vossos próprios conselhos, não se casará nunca, porque cada um de vós, enquanto pela prática justifica o casamento, vai segredando pela boca pequena, ao ouvido de cada um dos amigos: "Eu, cá por mim, não me posso queixar; fui feliz! Não tenho que dizer; mas, aceita o meu conselho — não te cases! Não te cases nunca! É um conselho de amigo, podes crer!"

E repetem quase todos eles a mesma cantiga. É difícil encontrar um marido que não tenha na ponta da língua esta frase: "Eu não me posso queixar, mas não te cases!" sem se lembrarem os ratões de que semelhante conselho já é uma queixa.

Que diabo de felicidade é então essa, que os casados aconselham a todos os seus amigos solteiros que a evitem? Será isso egoísmo na ventura, ou falso vexame de confessar a própria desgraça?

Não, a razão é outra. Quereis saber, contraditórios casados, por que assim falais do casamento? É porque nele sois ao mesmo tempo felizes e infelizes — felizes na vossa amizade; infelizes no vosso amor.

E sois infelizes no vosso amor, simplesmente porque sois desiludidos.

Olhai o casamento entre a gente do campo. Por que razão o camponês é mais feliz no casamento do que a gente civilizada da cidade? É que lá na roça quando o João da Horta vai casar com a Joana dos Porcos já lhe conhece a medida justa da cintura, e já lhe viu os pés descalços, as unhas sujas e a cabeça despenteada; e ela vai sabendo já qual o verdadeiro cheiro que ele tem, e quais são os defeitos e as boas qualidades que o acompanham.

São antes do matrimônio o que são depois — não sofrem decepções! E, como a vida exercitada e simples do campo lhes tem naturalmente conservado melhor a integridade do corpo, e lhes tem poupado calos, enxaquecas, hemorróidas e dispepsias, a infinidade de misérias e inconfessáveis aborrecimentos que sobrevêm fatalmente na coabitação dos casais civilizados, quase que não existe entre eles.

Assim, só entre os simples, ainda se encontram casados que se amam e se desejam fisicamente depois de ter tido vários filhos; por conseguinte só entre eles as crianças, concebidas depois do primeiro parto, seriam sãs, fortes e inteligentes, se nas relações matrimoniais dos camponeses concorresse o indispensável elemento poético da imaginação, do enlevo espiritual, donde tira o filho a última daquelas três qualidades. Só esse elemento lhes falta no amor, e é por isso que o filho do homem do campo é que sempre bem constituído de corpo, mas em geral estúpido, ainda mesmo passando logo a conviver entre gente mais cultivada.

Em toda a ocorrência sexual, a ilusão fascinadora do espírito é indispensável para o perfeito equilíbrio do filho consequente.

Concluí pois dos meus raciocínios, não que Palmira precisasse conhecer bem o noivo antes do casamento, ou vice-versa, porque seria isso perigoso debaixo do ponto de vista da ilusão amorosa — ela não era uma camponesa; mas

que deviam ambos conservar, eternamente intactas e perfeitas, as boas impressões, que um do outro tivessem porventura recebido no período em que se desejaram pela primeira vez.

A tarefa, como se vê, era mais que penosa, delicada, e de muito difícil execução; eu, porém, estava disposta a todos os sacrifícios por amor de minha filha, e haveria de triunfar! De resto, com que melhor poderia eu encher a vida? A ideia de escrever estas memórias só mais tarde começou a preocupar-me o espírito.

* * *

Mas prossigamos. Vamos ver agora como cheguei à realização dos meus ideais.

10

Na escolha mental que fiz de um noivo para minha filha, pareceu-me fosse preferível um oficial de marinha em serviço ativo, porquanto o marinheiro leva no casamento duas vantagens sobre os homens de outras profissões. A primeira porque o serviço de bordo ou em alguma fortaleza o obriga a afastar-se periodicamente da esposa, cumprindo ele assim, por dever de ofício, com o higiênico preceito da Bíblia; a segunda porque os perigos da sua vida aventurosa, a honra militar e a estética da farda, lhe dão certo brilho especial de antiburguesismo e um fascinante prestígio de altivez e denodo que muito pesam nos interesses do amor.

Nós mulheres gostamos de ver no homem amado tudo aquilo que não possuímos nem podemos aspirar. Quanto mais varonil e másculo for ele, tanto mais nos impressiona e atrai. A força física, a bravura, a energia de ação, e a singela bondade do homem forte, são os dotes masculinos que mais diretamente seduzem uma mulher bem equilibrada. Eu, que amei tanto meu marido, nunca lhe perdoei todavia, no íntimo do meu julgamento feminil, que ele fosse de compleição pouco mais desenvolvido em músculos do que eu. E não era fraco.

As mulheres ordinárias, que não desgostam de ser batidas pelo seu homem, têm a sua absolvição na mesma natureza inferior da mulher. Dar-lhes pancada é prova de falta de respeito e é brutalidade, mas não é prova de falta de amor; antes pelo contrário é essa uma das mais naturais expansões do domínio e do ciúme; e quer sempre dizer superioridade física. Ora, o que a mulher vulgar exige do seu homem não é respeito, mas só amor; logo prefere a pancada a qualquer outra manifestação menos grosseira, porém mais deprimente dos seus interesses sexuais.

Devia, por conseguinte, o noivo de minha filha ser um oficial de marinha em serviço ativo, e homem forte. Mas, como a força física não basta para conquistar um amor complexo, e para manter no mesmo grau de entusiasmo o enlevo poético de uma mulher de certa ordem, era preciso que o meu oficial de marinha, além de são e possante, fosse inteligente, honesto, simpático e carinhoso.

E encontraria eu um sujeito nestas circunstâncias, capaz de amar minha filha?...

Por que não? Palmira tinha dezoito anos, era bonita e perfeita, bem educada, inteligentezinha, e com um dote animador. Seria possível que não houvesse por aí um rapaz pobre, naquelas condições, que se apaixonasse por ela, encaminhando eu as coisas com certo jeito?

Pus mãos à obra: comecei a procurar o meu homem. Em breve, porém, convenci-me de que sozinha não daria conta do recado, e lembrei-me de pedir auxílio ao meu amigo, o Dr. César Veloso, de quem já prometi falar.

Cumpra-se esta promessa antes de mais nada; César Veloso era então um belo velho de cinquenta a sessenta anos, médico, abastado, viúvo, já sem nenhum de seus filhos, e vivendo em companhia de uma irmã, D. Etelvina, único parente que lhe restava e a quem ele estremecia profundamente. Foi o melhor coração e o melhor caráter que encontrei até hoje no meu caminho. Conheci-o, como disse, pouco depois do nascimento de Palmira, e já desde esse tempo o estimava mais do que a meu próprio esposo, de quem ele, só por minha causa, foi bom, leal e verdadeiro amigo.

Deu-se na minha vida e no meu coração uma coisa muito singular a respeito desse homem: Sem nunca formular sobre ele a mais ligeira hipótese de amor sensual, achava-me todavia tão sua amiga, amava-o tanto, que era um verdadeiro prazer, para minha alma, senti-lo perto de mim. Quando as desilusões do meu casamento me prostraram os sentidos e me enegreceram a existência, foi ele o único com quem abri o coração. Falei-lhe com toda a franqueza, queixei-me do meu destino; disse-lhe tudo quanto eu sofria, e até, ainda hoje me parece extraordinário! chorei em sua presença, o que, juro pela felicidade de Palmira, seria impossível suceder com outro, mesmo com meu marido.

Desde esse momento capital da minha vida, compreendi que era também amada por ele como a irmã eleita por sua alma e por sua inteligência. E fizemo-nos amigos para sempre, unificamo-nos em espírito, tornamo-nos moralmente inseparáveis por um tácito consórcio de absoluta confiança um pelo outro; consórcio de imperturbável harmonia de ideais, de alta poesia e de amor imaculado e superior a todas as misérias da carne. E esse amor essencial e puro, que nunca fora nem de leve perturbado pelo sobressalto dos sentidos, era um canto tranquilo e doce, em que meu pobre espírito repousava da infernal campanha doméstica e dos enojos do outro amor.

Mas como se poderá explicar essa minha estranha predileção por um homem, que não era meu parente, nem meu companheiro de infância, e quando não havia entre nós de parte a parte o menor impulso de sexo?...

É preciso notar que eu fora sempre considerada, pelas pessoas que me conheciam, como um caráter seco e orgulhoso. E, com efeito, não gostei nunca de revelar, a quem quer que fosse, meus pensamentos e meus íntimos conceitos, nem mesmo a meu marido, com o qual guardei em todos os tempos uma reserva, que ele aliás, coitado! jamais tivera para comigo. Posso até dizer que com Virgílio fui, no último quartel de nossa vida de casados, mais fechada e retraída do que com qualquer outro. No entanto, era bastante demorar-me alguns momentos sozinha perto de César, fitá-lo e descansar por algum tempo o olhar no seu olhar sereno, franco e bondoso, para logo me acudir à boca tudo o que meu coração, tão avaramente, trazia escondido e fechado para os demais homens.

Às vezes, espantava-me eu própria com semelhante fato e, depois de lhe revelar os meus mais íntimos segredos, perguntava a mim mesma — como e por que exercia aquele homem tão grande e decisiva influência sobre meu espírito? Fazia então vivos protestos de mudar de norma de conduta daí em diante. Afinal não havia justificativa para uma distinção tão acentuada! Chegava a parecer-me desonestidade! Mas, na primeira ocasião, em que de novo a sós nos encontrávamos, quando dava por mim, já o meu coração se tinha aberto por si mesmo, e despejava-se até ao fundo em palavras de amor.

Donde vinha toda essa confiança de minha parte? donde procedia esse poderoso e casto sentimento que a César me ligava tanto, e que em nada me parecia com o amor que eu mantive por meu marido, nem com o que eu sentia por meus filhos? Não atinava então com a verdadeira causa do fenômeno e moralmente supunha-me deveras culpada. Só muito mais tarde, continuando a estudar, no meu próprio coração, o coração humano, pude compreender, quando afinal o conheci de todo, que não se tratava com aquele fato de um caso meu particular, mas de uma lei comum para a minha espécie. Essa conclusão assustou-me profundamente e veio abalar todas as minhas ideias aparelhadas a respeito da felicidade conjugal, e, se ela já não chegasse muito e muito tarde, ter-me-ia feito sem dúvida reformar o programa de vida, que eu com tanto empenho e tanto cuidado traçara para minha filha.

Do resultado dessas minhas observações, vim a perceber que, sendo a procriação um instinto, e sendo o amor um sentimento, o grande mal, ou o grande erro, do matrimônio vulgar, consistia no disparate de querer harmonizar e unir, para os mesmos fins, essas duas coisas distintas — sensualidade e amizade — tão contrárias entre si, e tão antipáticas e até perfeitamente incompatíveis.

Compreendi que a mulher — para procriar, precisa de um homem, de um varão, escolhido pelos seus sentidos; e — para amar, precisa de um amigo, de um irmão, eleito pela sua alma e pela sua inteligência. O associado do seu corpo, em caso nenhum, pode ser o associado do seu espírito, ou vice-versa.

Os irracionais também são, como nós, suscetíveis de simpatia e apego de amizade, mas nunca põem esse sentimento, que neles aliás não é tão elevado e tão perfeito como no homem, ao serviço da sua sensualidade e do seu destino procriador.

Compreendi que...

Mas não precipitemos os fatos da minha exposição. Vamos por ordem.

* * *

Como ia dizendo: Logo que me senti fraca para realizar sozinha o programa da felicidade de minha filha, recorri naturalmente à única pessoa com quem eu podia contar, o Dr. César. Escrevi-lhe, pedindo-lhe uma conferência em minha casa. Ele veio no mesmo dia.

Foi uma longa prática. Referi-lhe detalhadamente as minhas apreensões a respeito do futuro de Palmira; expus o que nesse tempo constituía o meu cabedal de observações concernentes ao casamento, e disse-lhe afinal qual era o meu plano resolvido. César ouviu-me, durante todo o tempo, em silêncio, com os olhos baixos, sem desviar um só instante a sua tenção do que eu expunha. Compreendi, pela concentração do seu rosto, que as minhas ideias e o meu projeto o interessavam e surpreendiam extremamente.

Quando acabei, ele tomou-me as mãos entre as suas, com um gesto carinhoso que lhe era habitual a sós comigo; meneou a cabeça e disse-me sorrindo que — em primeiro lugar, me fazia os seus cumprimentos pela lucidez de coração e de inteligência que eu acabava de patentear; depois, já em ar sério, falou da minha ilimitada dedicação materna, e declarou, ao terminar, sorrindo de novo, que, posto não acreditasse na eficácia do meu plano, pois que em absoluto não acreditava na felicidade, punha-se desde logo à minha disposição e pronto a entrar em campanha, na qualidade de meu ajudante de ordens.

Rejubilei de contente. Agradeci-lhe com um abraço sincero. Dispondo de semelhante ajudante de ordens, tinha certeza da vitória! César, amoroso e dedicado como sempre fora para comigo, havia de tomar a peito a minha causa e destruiria, com o seu valor de homem, os obstáculos que eu não pudesse quebrar com as minhas mãos de mulher.

— Os seus serviços, meu amigo, disse-lhe eu, vão ser desde logo necessários para uma prévia inspeção. Inspeção rigorosa, na pessoa de quem se propuser para meu genro. Só consentirei que se case com Palmira um rapaz perfeito, em plena normalidade de saúde.

— Está claro!

— A menor lesão, o menor vício de organismo ou de sangue, a menor deformação física, é o bastante para pô-lo fora de combate. Não lhe parece?

— Decerto; e desde já respondo por mim, como médico consciencioso... disse o meu bom amigo. Mal apareça o homem, arranje, Olímpia, um meio de pô-lo em contacto comigo, e eu me encarregarei do resto. Desde que eu declare: "Este serve! — Este é perfeito — Este está conforme!" pode você aceitá-lo de olhos fechados, porque não deixarei passar gato por lebre!

Ele ficou para jantar conosco, e toda essa tarde meu coração cantou vitorioso, como se efetivamente já tivesse segura a felicidade de Palmira.

11

*M*as o homem põe, e Deus dispõe; um ano decorreu sem que eu descobrisse, para minha filha, um oficial de marinha que lhe conviesse. Ela acabava de fazer dezenove anos e era um mimo de graça e de inocência; amava-me extremamente, e jurava que me faria todas as vontades — só para me ver feliz.

Coitada! — Ver-me feliz!... a mim! Como se no mundo houvesse para mim, outra felicidade que não fosse a dela própria.

Durante todo esse ano dei festas em minha casa; comecei a receber, às quartas-feiras, todas as semanas. Como sabiam por aí que éramos ricas, não faltavam pretendentes à mão de minha filha; e o bom acolhimento que dispensei logo à farda de marinha encheu-me as salas de velhos e jovens oficiais dessa milícia, com tamanha profusão, que cheguei a recear ter inutilizado o gênero, barateando-o aos olhos de Palmira.

Minha casa parecia já uma repartição de Marinha, e no entretanto a rapariga não se decidia por nenhum dos oficiais. Verdade é que bem raros se me afiguravam corresponder aos requisitos exigidos. Só um Saturnino da Rocha, primeiro-tenente, de vinte e cinco anos, me deu vivas esperanças. Um belo moço! Mas o Dr. César disse que ele tinha a solitária. Pusemo-lo à margem.

Com o que eu não contava foi o que sucedeu, como acontece quase sempre. Entre os candidatos, colhidos pela rede que atirei ao mar para pescar um noivo, veio, de mistura com os legítimos representantes daquele poético elemento, um empregado público, de Segunda ou terceira ordem, um amanuense de secretaria, amador de música; um verdadeiro contrabando, impingido já me não lembra por quem. Era ainda muito moço, bonito e bem apessoado. Estudei-o de relance; não me pareceu mau de gênio e revelou inteligência quase regular. Tocava piano e bandolim com certa graça; falava inglês, francês e espanhol. Era pobre.

— Quem sabe?... pensei eu. Talvez apesar da idade, cuja diferença de Palmira me parecia pequena demais, estivesse naquele contrabando um rapaz aproveitável para os fins que eu tinha em vista... Mas, que pena! não era oficial de marinha!... De todos os proponentes era, todavia, e sem termo de comparação, o melhor como estampa.

Interpelei minha filha, a respeito dele, frouxamente, como por descargo de consciência. E qual não foi o meu espanto quando a vi reproduzir fielmente todos os gestos retraídos, que eu própria fizera quando me consultaram, nas mesmas condições, sobre o meu defunto esposo?

Ela abaixou os olhos, corou, sorriu quase imperceptivelmente, e começou a percorrer com os dedos da mão direita os botões do corpinho do seu vestido.

Tomei-lhe as mãos; estavam frias e ligeiramente trêmulas. Interroguei-a de novo, e Palmira, em vez de responder, caiu-me nos braços, soluçando.

Era a coisa, não havia dúvida! Comigo tinha sido tal e qual!

— Gostas dele... Não é verdade, minha filha?... perguntei-lhe, beijando-a na testa.

— Eu o amo, minha mãe... foi a sua única resposta.

— Tu o amas! — Sabes lá o que é isso! Queira Deus que não estejas procurando iludir-te; iludir a ti e a mim! Não te deixes levar por falsas impressões!...

— Só com ele me casarei por meu gosto! Só com ele serei feliz!...

— Isso é o que todas nós dizemos nas tuas condições, minha filha... Mas não te mortifiques, que, se o rapaz te ama deveras, e se estiver em condições de casar contigo, não serei eu que a tal me oponha, porque bem sabes que só procuro e quero a tua felicidade.

Ela, transportada, beijou-me repetidas vezes, agradecendo-me com as suas carícias as minhas palavras.

Todavia, talvez que de nós duas fosse eu a mais comovida nesse momento. Quando me separei de Palmira, encerrei-me no quarto e chorei copiosamente. Por quê? Não sei dar a razão; só afianço que um doloroso sobressalto se apossou de mim, e uma dura e fria tristeza, tristeza de velho, encheu-me o coração e escureceu-me a vida.

Procurei consolar-me, refugiando-me na ideia da felicidade de minha filha. Ah! pobres corações de mãe! pobres corações, que tanto sofreis para depois ainda mais vos amesquinhardes, chorando sob o peso infamante e ridículo desta terrível palavra — Sogra!

E apressei-me a procurar o meu amigo. Fui logo no dia seguinte à casa dele. César, ao receber-me, percebeu a minha tristeza; compreendeu-a talvez. Mas não me disse uma só palavra a respeito dela; apenas tomou-me a mão e afagou-a entre as suas, como de costume.

Para bem nos entendermos, os dois, bastava-nos o olhar!

Assentei-me junto à secretária, bem perto da sua cadeira e, em voz baixa e comovida, dei-lhe parte de tudo, e concluí, pedindo-lhe que viesse à minha casa na próxima reunião. — O pretendente lá estaria. César prometeu ir.

E não faltou com efeito.

* * *

Tínhamos muita gente essa noite em casa. Havia concerto e depois dança. Os uniformes da marinha, rebrilhantes de galões dourados, cruzavam-se em todas as salas, ofuscando as casacas pretas e dando àquela minha modesta Quarta-feira, oficiais realces de uma festa de corte. As damas afidalgavam-se, pareciam até mais amáveis e mimosas ao reflexo das refulgentes dragonas.

Minha filha cantaria ao piano, acompanhada pelo seu preferido. Ela resplandecia de sedução, naqueles primeiros arrulhos de pomba amorosa, que procura fazer ninho; estava alegre, saltitante, ébria de ilusões e de esperanças.

E pensar eu que, daí a algum tempo, toda aquela gárrula confiança no amor, toda aquela louçania de inocência e toda aquela frescura de mocidade, poderiam emurchecer e transformar-se no que eu sofri pouco depois que me casei!... Ah! mas eu lá estaria ao lado dela para vigiar-lhe o leito de recém-casada, como lhe vigilara, outrora, o berço de recém-nascida. E o meu coração de mãe tremia tanto agora, ao vê-la assim sorrir de ventura às primeiras pulsações do amor, quanto tremera dantes, aos seus primeiros vagidos e às primeiras lágrimas que lhe vi nos olhos.

O concerto correu bem, Palmira foi feliz no que cantou acompanhada pelo namorado, creio até nunca lhe ter ouvido cantar com tamanha expressão. Mal deixaram o piano, apontei o rapaz ao meu velho amigo, que começou logo a observá-lo disfarçadamente.

Daí a pouco apresentei-os um ao outro, e não os perdi mais de vista.

César, insinuante como é, ganhou logo a simpatia, e suponho até que a confiança do pretendente de Palmira. Vi-os passear juntos durante longo tempo, sem deixarem nunca de conversar com o mesmo interesse. Depois tomaram uma das janelas da saleta de estudo, e continuaram na palestra, mais à vontade. Eu, do lugar em que estava, podia observá-los. O médico com certeza falava já de coisas concernentes à boa disposição física, porque notei que o outro sacudia com desembaraço as pernas e os braços, empinando soberbo a cabeça e o peito como para dar ideia da sua perfeita compleição muscular.

Não pude deixar de rir, principalmente quando César, lá do fundo de sua janela, me fez sinal com os olhos de que a coisa caminhava bem.

O rapaz parecia com efeito muito bem constituído. Era delgado e forte, rico de espádua; boa estatura, pernas e braços bem proporcionados; bom cabelo, olhos vivos, de azul forte; tez limpa, de um moreno pálido, sadio e fresco; barba vigorosa, bem preta, luzidia e fina; unhas másculas e rijas. E os dentes pareciam-me de primeira ordem.

Já morria de impaciência quando o meu bom César, arranchando-se comigo para tomar chá a um canto da sala de jantar, me veio dar conta da sua missão.

— Creio que temos o homem! — declarou logo, antes de assentar-se ao meu lado. E segredou-me depois: — Mas não dou por enquanto a minha opinião definitiva...

— Ah!...

— Ficamos amigos... acrescentou César. Ele, sabe? vai depois de amanhã à minha casa, e, como tem gosto pelos jogos e exercícios de força e faz grande vaidade da sua musculatura, creio que o convencerei de que deve

por sistema tomar duchas no meu estabelecimento hidroterápico. Ah! então sim, poderei dar com segurança o meu veredicto!
— Aqueles dentes?... Reparou se são verdadeiros?
— São. Afianço!

* * *

Daí a dias, o meu zeloso ajudante-de-ordens procurava-me para dizer-me radiante:
— Completo sucesso! Auscultei e observei minuciosamente o rapaz. Creio até que o maganão adivinhou, ou compreendeu, qual era a razão particular que me dirigia, porque veio, por bem dizer, ao encontro do meu desejo e prestou-se ao exame, sorrindo, sem esconder a sua vaidade de homem forte, consciente da sua riqueza orgânica!
Estávamos a sós, na biblioteca, lá em casa. Aproximei-me mais do meu velho amigo, com interesse; e ele acrescentou, dando com ambas as mãos duas palmadas simultâneas nas próprias coxas.
— Um rapagão, Olímpia! O que se pode chamar um rapagão! Equilíbrio perfeito entre o sistema nervoso e o sistema muscular! Órgãos em belo estado de pureza! Uma autópsia seria a mais esplêndida vitória para as suas vísceras! Devia deixar-se dissecar, por orgulho!
— Então, César!... Fale a sério, meu amigo!
— Não lhe descobri o menor vício no organismo. Os pulmões são os de um ferreiro; o coração funciona como um Patek Philippe; o fígado não parece fígado nacional. Os rins fariam inveja aos de um atleta! Tórax soberbo; bíceps de gladiador! Em minha presença manejou, com a maior facilidade e destreza, halteres de trinta quilos cada um!
— Sim?...
— É o que lhe digo! E a conformação geral do corpo, esteticamente falando, é simplesmente maravilhosa! Quando o vi nu, pensei ter defronte dos olhos uma estátua grega. Marte e Apolo fundidos, formando um homem. Que belo conjunto de força e delicadeza anatômica! Nem sei como, com a degeneração da raça latina e com a crescente depravação de costumes, ainda possa haver — no Brasil! Um moço em semelhantes condições físicas! Verdade é que ele é de raça catalã!
— Que entusiasmo, meu amigo!
— Entusiasmou-me com efeito, o demônio do rapaz! Nunca vi, na minha clínica, um espécime tão puro! É verdadeiramente um belo animal!
— Acha-o então, César, quanto ao físico... no caso de preencher cabalmente o nosso ideal de... de marido de Palmira?
— Oh! Por esse lado não poderíamos desejar melhor!
— E, pelo outro! Que tal será ele? Diga-me, achou-o simpático!...
— Ora! Um homem naquelas condições é o orgulho de sua espécie e há de ser fatalmente simpático. O que mais é a simpatia senão o reflexo da bondade? e a bondade é um produto lógico da saúde perfeita e da força,

como são a coragem e a alegria. Fiquei gostando dele infinitamente. Ah! se aquele ladrão fosse meu filho?

— Ainda bem, meu amigo...

— Oh! Pode estar amplamente satisfeita com ele, Olímpia, e dá-lo, quanto antes, para noivo da nossa formosa Palmira. Aquele, se não for vítima de algum acidente, ou não apanha algum diabólico micróbio que o estrague, morrerá de velho!

Agradeci penhoradíssima os bons serviços do meu querido amigo e pedi-lhe que me ajudasse a colher, logo desde o dia seguinte, informações sobre o passado e sobre o caráter do pretendente de minha filha.

* * *

Desde o dia seguinte, com efeito, pusemo-nos em campo. E foram quatro meses de ininterrompidas pesquisas, em que eu despendi um grande capital de dedicação, de atividade e de paciência, cujo segredo só mesmo um coração de mãe poderia achar. Mas não lamento tais canseiras, porque cheguei ao completo resultado do que eu queria.

Eis o que colhemos:

O rapaz chamava-se José Leandro de Oviedo. (Isso já eu sabia). Nasceu na província do Rio de Janeiro, numa fazenda de Teresópolis. Era filho de Manoel Oviedo, pinto espanhol, que o teve de uma tal Margarida Porto, senhora brasileira por ele tomada do marido, um rico fazendeiro de café, e com a qual viveu o pintor dez anos.

Leandro foi o primeiro filho de Oviedo, (Esta circunstância animou-me a seu favor) e o único que sobreviveu aos pais. Criou-se na fazenda, mas aos cinco anos fez com a família uma viagem à Europa, donde voltou com dez, já órfão de mãe. O pai destinava-o ao comércio e quis, ao tornar aqui, pô-lo de caixeiro em uma loja de ferragens, mas o padrinho, um tal Gonçalves, com quem o rapaz fora habitar de volta ao Brasil, remeteu-o, três anos depois, para um colégio na Inglaterra, donde Leandro voltou aos dezoito de idade, por morte do seu protetor. Não consegui saber se deste herdou então alguma coisa; soube, sim, que nesse tempo fez ele uma excursão pelas províncias do sul do Brasil, dando com pouco sucesso concertos de piano e bandolim. Dois anos depois morreu-lhe o pai, em completa miséria.

Alguns quadros, e outros objetos que deixou, foram vendidos para pagar o enterro e o último mês de tratamento em uma casa de saúde. Aos vinte anos entrou Leandro, como amanuense, para a secretaria, onde era segundo oficial quando pretendeu minha filha.

Não me souberam informar se foi bom filho, não descobri quem era ao certo o tal padrinho, que o mandou a educar em Londres, nem tampouco a razão por que este, homem rico naturalmente, o protegeu tanto em vida, sem dele se lembrar depois no testamento; afiançaram-me, porém, que Leandro era moço de bom caráter, regularmente estimado, e que havia rejeitado casamento com a filha de um negociante forte, mas rapariga feia e pretensiosa. Não me constou também que se desse ao jogo, tampouco ao álcool, nem fizesse loucuras por mulheres de má vida. Descobri que ultimamente morava ele, havia um ano, numa casa de família honesta, que lhe alugava um quarto; e soube que tinha um amigo íntimo, com quem era visto sempre aos domingos no clube ginástico a que ambos pertenciam, um Leão da Cunha, rapaz rico e viajado, sócio comanditário de uma casa de comissões no Rio de Janeiro.

E tudo isto descobrimos, César e eu; tudo desenterramos, por amor de minha filha; e foi obtido e foi tudo feito com a máxima reserva e discrição. Leandro, ao que suponho, não desconfiou de coisa nenhuma.

Estudando-o de mais perto reconheci que as suas maneiras eram, de fato, convenientes e não afetadas para nos engodar durante o namoro; pareceu-me até que, por debaixo daquela forte robustez física, havia um caráter tímido e paciente. Notei com satisfação que ele não abusava do fumo e detestava o cachimbo. Não me pareceu absolutamente ambicioso. Falava pouco do seu piano e do seu bandolim. No entanto, as suas cartas a Palmira, as quais esta me mostrava sempre, eram discretamente escritas, na forma como no fundo, e pareciam sinceras no que diziam de amor.

Convenci-me afinal de que a coisa única que me restava a fazer era casá-los, dando ainda graças a Deus por ter-me deparado tão bom partido.

Minha filha mostrava-se cada vez mais empenhada por ele, e Leandro cada vez mais disposto a obedecer-me e respeitar-me nos meus desígnios. Íamos bem.

Quanto a mim, tomava-lhe já a estima e habituava-me à ideia de ver nele um futuro filho. Tudo, não obstante, dependia da sua boa ou má disposição para aceitar as condições do casamento. Deliberei impor-lhe as provas preliminares. Entrei em campanha — principiei a contrariá-lo.

Comecei a ser sogra!

12

Meu Deus, como eu, que aliás ainda não tinha então descoberto a terrível lei da incompatibilidade do amor físico com o amor moral, me sentia já ansiosa e apreensiva, pensando no casamento de Palmira! Aquele rapaz, mesmo rigorosamente dirigido por mim, faria com efeito a felicidade de minha filha?... Amá-la-ia deveras? Seria ele com efeito um bom moço, ou teria conseguido enganar-nos, com os seus gestos de jovem atleta civilizado e com os seus claros sorrisos de mocidade olímpica? Oh! também só nisto punha eu todo o meu empenho — em que ele não nos iludisse; pois, quanto ao fato da sua pobreza e da sua modesta procedência, longe de fazer-lhe carga, dava-lhe até boas vantagens ao meu ver. Minha filha e eu éramos bastante ricas, para não precisarmos perturbar o plano da felicidade dela, e minha, com mais esses frios interesses de dinheiro.

Que era ele um belo exemplar de homem, isso é o que ninguém poria em dúvida, e isso valia bem pelo dote pecuniário de Palmira; pelo outro, ainda mais bonito que ela trazia em pureza, inocência e formosura, valeria a boa vontade com que o noivo aceitasse as estreitas e rigorosas condições, que eu lhe ia impor ao casamento. E nesta última parte estava o ponto mais delicado da questão; para realizá-la, sem futuros prejuízos dos meus planos de absoluto domínio sobre eles, dispunha-me a empregar todo o esforço e toda a astúcia de que eu fosse capaz; pois, em consciência, a verdade era que outro homem já não queria eu, nem já me convinha, para cavalheiro de minha filha ou para gerador de meus netos porque outro com certeza não descobriria eu em condições naturais tão boas e perfeitas como Leandro. Até a sua própria mediocridade de inteligência se me afigurava o belo complemento da sua perfeição de animal humano: — o talento elevado a certo grau é sempre, no amor, uma anormalidade perigosa. Achava-o cada vez melhor e mais próprio para bom marido; achava-o, além disso, muito simpático e atraente; achava graça naquele seu tipo moreno pálido, de olhos muito azuis e cabelos muito pretos; até mesmo o crespo sotaque inglês, que a princípio lhe estranhei e me fazia torcer o nariz, agora achava eu que lhe ia bem com o sonoro metal da sua voz masculina e forte.

Entretanto, não me convinha de modo algum que ele alcançasse com facilidade a certeza da posse de minha filha. Afastava-os intencionalmente; começava a representar, entre eles dois, o terrível papel de linha divisória, de linha sanitária, estabelecida em guerra contra os traiçoeiros inimigos das suas ilusões de amor. Ah! quanto me custava, e quanto me aprazia ao mesmo tempo, esse altruísta e odioso mister de delicada perseguição! Quanto eu me sentia ir ficando sogra! Mas estava disposta a não me arredar um passo do meu programa, ainda mesmo tendo mais tarde de entestar, como já esperava, com a cólera de meu genro e com as lágrimas de minha filha.

Seria muito preferível, em todo o caso, que ela chorasse dessas lágrimas de ilusão a ter mais tarde de amargar as lágrimas de desengano que chorei.

* * *

O namoro de Leandro ia se tornando tanto mais insistente, quanto mais era por mim contrariado. Só uma vez por semana lhe consentia viesse ver a desejada, nas noites de recepção comum, como todos os outros nossos frequentadores; e isso bem percebia eu que o torturava cruelmente.

Vingava-se nas cartas; essas, consentia eu, fingindo ignorá-las. As cartas não podiam prejudicar, antes serviam, opostamente, para manter firme a intensidade do desejo.

E as coisas assim corriam bem. Ele perseguia e cercava Palmira por toda a parte e em todos os lugares, no passeio, nos teatros, nas compras à rua do Ouvidor; mas, quando me via, antes de ver minha filha, perturbava-se logo, sem ânimo de vir ter conosco e contentando-se apenas em cumprimentar-nos com o chapéu. Coitado! tinha-me medo!

Ah! se ele soubesse todavia quanto o meu coração é bom!

Pareceu-me chegada a ocasião de preparar o espírito de minha filha para a campanha já travada. Conversei largamente com ela. Falei-lhe muito do seu casamento, não em tom de mãe ralhadora, mas no de amiga confidente; falei-lhe como se fosse apenas uma sua irmã mais velha. Palmira, felizmente, compreendeu e compenetrou-se do louvável alcance da minha norma de proceder. Disse-lhe claramente que a sua felicidade dependia daqueles alicerces; e que ela me deixasse, a mim, parecer às vezes impertinente e dominada por espírito de contrariedade; que deixasse, confiante no futuro; não era natural que estivesse eu em erro, porque toda a complicada arquitetura do edifício daquela felicidade tinha a sua base na experiência dos fatos essenciais da vida doméstica e no profundo estudo da desgraça do amor conjugal. Ela, ameigando-me contente jurou que de corpo e alma se entregaria às minhas mãos, e que nem só me obedeceria sempre, mesmo depois de casada, como ainda havia de ajudar-me na execução dos meus desígnios.

Abraçamo-nos, satisfeitas e concertadas com aquela conferência.

— Olha! disse-lhe, em remate. Asseguro-te é que, até hoje, mãe nenhuma pensou na felicidade de sua filha com tamanha dedicação, nem fez por ela os sacrifícios que por ti afronto, minha Palmira. O menos que me pode acontecer é ser amaldiçoada por teu futuro marido, por quem aliás devia eu ter o direito de ser amada como verdadeira protetora. Ah! não me iludo neste ponto! Não procuro enganar-me — bem sei o que me espera!...

No dia seguinte a esta conversa, que sem dúvida ia ter uma grande influência moral no destino de minha filha, mandei preparar as malas e parti com ela para Petrópolis, combinando entre nós duas que de nada se daria parte ao pretendente. Manobra de guerra! Queria provocar o inimigo. A minha retirada brusca era simples negaça feita ao assaltante. Convinha que Leandro, desde logo, se fosse habituando ao meu sistema estratégico.

Produziu efeito. Ele, três dias depois, surgia-nos por lá, com um ar de hesitação solerte e um grande ramo de camélias frescas. Recebi por minha parte a visita um pouco friamente, e nenhuma de nós duas insistiu com ele para que se demorasse. O rapaz, logo à primeira despedida, foi-se, escabreado e vermelho de confusão.

Como no outro dia, encontrando-nos na rua, se embandasse conosco para um passeio à Renana e declarasse que passaria o resto do mês em Petrópolis, tocamos na manhã seguinte para a cidade, sem que ele desse pela nossa retirada. Palmira tentara interceder desta vez pelo namorado; arriscara mesmo a súplica de um dia mais de demora; eu, porém, cortei-lhe a palavra com um olhar, em que a pobre criança leu toda a inutilidade da sua pretensão.

* * *

Foi um mês depois disso que se deu o pedido de casamento.

Era domingo; tínhamos acabado de jantar e havíamos passado para o gabinete de trabalho que fora de meu marido, quando, depois de ouvir parar um carro à porta da rua, veio o criado anunciar-me que o Sr. Leandro, vestido de casaca, estava à espera na saleta do corredor e desejava falar-me.

Compreendi logo do que se tratava: César já me tinha preparado; mas nem por isso foi menos agudo o choque que senti no coração. Troquei um olhar com Palmira, que abaixou as pálpebras enrubescendo. Mandei que o criado conduzisse o visitante para o salão, e disse depois a minha filha, cujo crescente sobressalto lhe fazia arfarem os seios, que se não nos apresentasse sem ser chamada; passei-lhe com os olhos uma rápida revista da cabeça aos pés, fiz-lhe ligeiras correções no penteado, dei-lhe um beijo e saí do gabinete.

Ó meu Deus! ia travar-se o grande momento, que de antemão me fazia tremer de medo; medo de que o ridículo, num só instante, derribasse todos os meus castelos de mãe amorosa e sonhadora. O que iria passar-se naquela sala entre mim e o pretendente de minha filha?... Mas era preciso não hesitar no que estava por mim determinado, porque assim exigia a felicidade dela! Entrei um instante no quarto do oratório e, numa ligeira súplica, pedi coragem a Deus; segui depois até ao toucador, alisei melhor os cabelos sobre as fontes, corri os olhos rapidamente pela roupa, e fui ter com a visita.

Entrei na sala vagarosamente, afetando grande tranquilidade; havia, porém, de estar ainda ofegante e pálida.

Leandro mostrava-se francamente comovido. Ao ver-me, precipitou-se ao meu encontro e balbuciou algumas palavras de cortesia, que lhe não passaram dos lábios.

Fi-lo assentar-se e assentei-me perto dele.

Com prazer notei que o belo moço, assim em alto trajo, mais belo ainda me parecia. Tinha aparado a barba, os dentes luziam-lhe como se fossem de um metal branco e polido, e os seus grandes olhos de safira pareciam joias coruscantes. A casaca assentava-lhe muito bem, desenhando-lhe a cinta esbelta, fazendo sobressair o seu busto altivo, e deixando em desembaraço a rica musculatura das coxas. E a comoção enriquecia-lhe mais o rosto com uma austera palidez de mármore consagrado pelos séculos.

* * *

Depois que o meu espírito atingiu o seu pleno desenvolvimento, sempre achei o homem mais belo que a mulher; ou por outra: achei que a beleza do homem era mais valiosa que a beleza feminina, como de resto se observa geralmente nas várias espécies de animais inferiores.

A mulher tem encantos, mas o homem tem real beleza. Nos encantos da mulher há todos os perturbadores mistérios da volúpia terrestre, mas na serena e máscula beleza do homem há sempre um quê de divino e sagrado. Nenhum homem será capaz de impressionar-se pelos encantos físicos de uma mulher, sem que nisso entre o concurso dos seus sentidos; ao passo que qualquer mulher pode admirar um homem belo, sem desejá-lo sensualmente. É assim que nós mulheres amamos Jesus Cristo; e se Maria, a formosa Virgem Santíssima, não tivesse, para resguardar a sua enamorada e frágil boniteza de mulher, a celestial e sacrossanta auréola de mãe de Deus, o que seria de ti, ó doce, poético e venerando prestígio do Catolicismo?...

Cristo atravessa os séculos, todo nu, de braços abertos para a humanidade, e a sua nudez de homem jamais trouxe rubor de pejo às faces da donzela, nem acordou desejos no peito das mulheres.

Mas se despissem Maria das castas vestimentas que lhe escondem o divino corpo, ela deixaria de ser a piedosa e cândida rainha dos céus, e seria Vênus, a deusa do amor e do pecado.

Estas considerações fi-las eu defronte do homem a quem minha filha chamava, de braços abertos e lábios postos em beijo, através das alvas e rendilhadas pétalas do seu leito virginal — grande lírio branco, embalsamado e puro, que franqueava a sua urna de amor ao resplandecente inseto fecundante.

Palmira tinha inteira razão em chamá-lo e desejá-lo com tamanho amor: um homem perfeito como aquele é a melhor obra de Deus. A mulher, essa lhe é tão inferior, em todos os sentidos, que não chega a ser o seu par, mas um simples complemento dele. A perfeição da mulher não é absoluta, como a do homem, é relativa. Se o homem tivesse sempre a compreensão justa do seu próprio valimento e da superioridade, havia de ser para a pobre mulher muito melhor do que é com efeito; seria verdadeiramente o seu protetor moral, o seu bom e paternal amigo, e não o seu egoísta e sensual adversário. E quando um homem se colocasse, como muita vez sucede, ao nível da fraqueza de uma mulher, para enganá-la de igual a igual, teria vergonha e remorsos de haver com isso cometido a mais degradante covardia que é possível no seu sexo. Se esse poderoso, belo e adorado animal, que tem forma de Deus, e que nos governa brutalmente, compreendesse a responsabilidade da sua força — quando um homem de trinta anos conseguisse iludir uma rapariga de quinze, ele, e não ela, é que ficaria desonrado.

* * *

— Minha senhora... balbuciou Leandro, afinal, vergando-se para falar-me de mais perto.
E eu interrompi meus pensamentos, para escutá-lo. E inclinei-me também, dizendo a meia voz:
— Estou às suas ordens, amável senhor. Pode dizer qual é o motivo da sua visita...

13

— *A*ntes de falar, minha senhora, no delicado objeto que aqui me traz... principiou Leandro, com a voz um pouco alterada, preciso da prévia garantia do seu perdão, sem o que não teria ânimo de cometer semelhante atrevimento...
Autorizei-o a que falasse e prometi a minha indulgência.
— Imagine, minha generosa senhora, continuou ele, imagine como devo tremer em sua presença... Juro-lhe que, se o meu amor não me merecesse todos os sacrifícios e não me tivesse roubado a razão, não cometeria eu a loucura, a temeridade, o crime talvez, que estou agora perpetrando...
— Continue, acudi, sem modificar a minha fisionomia.
— Imagine, minha senhora: eu, que nada sou; um pobre diabo sem passado e sem futuro, filho de uma união irregular, atrevo-me a vir pedir-lhe me conceda tudo o que há de melhor no mundo; tudo o que há de mais puro, de mais belo, de mais ideal! Imagine que eu, um desgraçado, tenho o desvairamento de pedir-lhe a mão de...
Hesitou, abaixando os olhos. Compreendi que, a menor palavra de recusa, o pranto rebentaria deles com violência.
— O senhor está autorizado por minha filha a fazer-me semelhante pedido? perguntei-lhe depois de uma pausa, em que ouvia a larga respiração dele.
— Sim, minha senhora.
— E, no caso que obtenha o meu consentimento, estará o senhor disposto a fazê-la feliz, como eu o entendo?
— Juro! exclamou o rapaz.
— Não! não jure ainda, sem primeiro responder-me, se já sabe como é que tem de a fazer feliz...
— Minha senhora, volveu Leandro, reanimado por estas palavras e aproximando a sua cadeira para mais perto da minha, ainda há pouco não

pude entrar em pormenores, nem disse quase nada do que trago a intenção de dizer... V. Ex.a compreenderá sem dúvida o meu estado de comoção...

— Sim. Fale.

— Minha senhora, eu adoro sua filha, e sei, e sinto, e afianço, que nunca mais amarei assim outra pessoa em toda a minha vida! Juro que...

— Não! — interrompi. — Não prometa coisa nenhuma! Fale só do presente; deixe lá o futuro que a Deus pertence! Quem pode nesta vida determinar com segurança alguma coisa futura?... Pois se pelo passado, que já está vivido, nem sempre podemos responder, porque ele às vezes nos foge da memória, como quer o senhor legislar sobre o porvir, ainda todo incerto? Fale-me do presente!

— Tem razão, minha senhora, e consinta que eu prossiga: Amo loucamente a senhora sua filha e só com ela posso compreender uma união eterna... Mas, V. Ex.as são ricas e eu sou pobre... ganho pouco; esse pouco, porém, chega com economia para duas pessoas resignadas... Entretanto, se ela própria me não tivesse jurado aceitar com satisfação o sacrifício de partilhar da minha pobreza, não faria a V. Ex.a, nem por pensamento, o temerário pedido que acabo de fazer. Desejo que V. Ex.a me conceda sua filha, sem outro dote além das virtudes que a enobrecem e além dos seus encantos pessoais...

Eu sorri. Não sei se era sincero o que ele dizia. Talvez fosse, porque a mocidade é quase sempre generosa e o primeiro amor é leal e adora o sacrifício. Mas a ideia, de consentir que minha filha partilhasse do magro ordenado de um amanuense de secretaria, pareceu-me infinitamente extravagante.

Já se vê que entrava no meu sorriso um pouco de vaidade; qual é, porém, o nosso ato social em que a vaidade não entre em grande ou pequena dose?

— Senhor José Leandro de Oviedo, declarei-lhe formalmente — o dote de minha filha pertence a minha filha. Dele partilhará a pessoa que se casar com ela; e se dela tiver filhos, herdará de mim, como a esposa, o que eu por minha vez herdei de meus pais, de meu sogro e de meu marido. Isso é questão assentada e nem é disso que convém tratar aqui. Entendo que tanto pode dignamente um moço pobre casar com uma moça rica, como um rico dar a mão de esposo a uma pobre, desde que essa união seja inspirada no interesse do amor e não no interesse do dinheiro. As ideias a isso contrárias são cópia de mal-entendido orgulho do homem. Entendem eles que uma mulher deve aceitar tudo das mãos do marido, e que este no entanto fica humilhado recebendo iguais benefícios da mão da consorte. Não é má essa moral! Que o homem faça do casamento um meio de enriquecer, acho indigno, como igualmente acho se o fizer a mulher; se o consórcio, porém, não for obra do dote e sim do amor, nada mais curial que os dois dividam amigavelmente entre si o que um deles possua, e que vivam felizes. Mas, graças a Deus, tanto minha filha como eu, somos bastante ricas para nos não preocuparmos em saber se o noivo dela traz ou não traz bens de fortuna; mesmo porque o casamento de Palmira não será um casamento vulgar, e coisas muito mais sérias que o dinheiro têm de ser discutidas nesta ocasião, aqui entre nós dois. Ponhamos pois de parte a questão pecuniária. Não se persuada, todavia, o senhor de que, por não trazer dote, esteja dispensado de dotá-la. A retribuição que exijo é de outra espécie, mas não é por isso menos valiosa que o dote dela...

— V. Ex.a tenha a bondade de dizer o que exige de mim. Seja o que for, estou pronto a cumprir! E o que não faria eu para alcançar tão grande e sublime prêmio?

— Pois responda às perguntas que lhe vou fazer...

— Estou inteiramente às suas ordens, minha senhora.

— O senhor ama minha filha tanto quanto diz?

— Juro que a amo tanto quanto é possível!

— E será capaz de um grande sacrifício para obtê-la em casamento?

— Desde que não seja um sacrifício de honra... estou disposto a tudo!

— Não, não é um sacrifício de honra, e antes de prosseguir, declaro-lhe que minha filha é pura, perfeitamente pura!

— Posso então jurar que, seja qual for o sacrifício, eu o farei, minha senhora!

— E como me provará o senhor que é um homem de honra, para que sua palavra me sirva de garantia?

— Pode V. Ex.a indagar a meu respeito de todas as pessoas que me conhecem. Até hoje tenho sido um homem honrado: nunca faltei à minha palavra, nem cometi ação que pudesse desdourar o meu caráter...

— E como garantir a sua palavra?

— Posso assinar um documento, um título de honra. Aceito as condições que V. Ex.a exigir...

— Pois então o senhor assinará uma declaração, formal e precisa, dirigida à polícia, dizendo que a ninguém devem atribuir a autoria da sua morte, porque foi o senhor mesmo quem pôs termo aos seus dias. E empenhará comigo a sua palavra de honra em como a ninguém revelará a existência desse documento; documento que será reformado de três em três meses. Aceita?

— E é esse o sacrifício que V. Ex.a exige de mim?... perguntou Leandro, a sorrir.

— Não, respondi eu, muito séria — isso é apenas a garantia da sua palavra e da minha impunidade, caso tenha eu algum dia de eliminá-lo para sempre de minha família. Esse documento só servirá na hipótese de que o senhor falte ao cumprimento de sua palavra, porque então, juro-lhe que o farei matar...

— Ah!

— Sem dúvida. E ainda está em tempo de voltar atrás. O senhor ainda se não comprometeu comigo a coisa alguma.

— Recuar? Acha V. Ex.a que eu possa recuar, desistir da única felicidade que ambiciono neste mundo?!

— Pense bem, antes de responder...

— Não há que pensar! Uma recusa em nada me adiantaria; V. Ex.a dispõe já de minha vida; tem-na fechada na mão! Tanto vale dar-me a morte, negando-me sua filha, como me fazendo assassinar.

— O senhor só será assassinado se não cumprir com a sua palavra.

— Tenha a bondade de dizer o que exige de mim.

— É pouco. O senhor, depois de casado com minha filha, não coabitará com ela; o senhor morará só, numa boa casa, bem servida e bem mobiliada, que porei às suas ordens; ao passo que Palmira continuará a residir em minha companhia e só estará com o marido o tempo e às vezes que eu consentir. Serve-lhe?

— Mas eu terei então de viver separado de minha esposa?

— Separado totalmente, não. O senhor poderá vê-la e estar com ela frequentemente, não digo todos os dias, mas quase todos. Prometo mesmo que minha filha passará ao lado do marido um ou mais dias; levo até a condescendência a tolerar que fiquem juntos uma ou outra noite. Mas, desde que eu a reclame ou vá buscá-la, o senhor não poderá opor-se a que ela venha para a minha companhia...

— V. Ex.a está gracejando com certeza... ou suporá que a minha intenção é privá-la de ver a senhora sua filha todas as vezes que quiser? Mas, se assim for, valha-me Deus! não vejo razão para não morarmos juntos!...

— Não! não! Não estou gracejando, nem admitirei, nunca, que o senhor more conosco. Nunca! E só consinto no casamento, sob as condições expostas. Se elas lhe convêm, o senhor passará o documento, e minha filha será sua esposa...

— Mas, permita, minha senhora, que...

— É inútil, senhor, toda e qualquer reclamação. Repito que só consentirei no casamento de minha filha com o senhor, ou seja com quem for, nas condições apresentadas. Se quer algum tempo para refletir, pode retirar-se; dou-lhe quinze dias.

Leandro, que agora parecia ouvir minhas palavras como ouve um condenado a sentença de morte, apertava os lábios, franzia as sobrancelhas e cerrava os punhos, mal contendo a sua agonia. Afinal, disse com o ar submisso e a voz resignada:

— Para que refletir, minha senhora?... Estou disposto e estou pronto para tudo. Aceito o compromisso!

— Pois aí, na saleta ao lado, declarei, erguendo-me da cadeira — encontrará o senhor papel e tinta; passe o documento pela minuta que lhe vou dar. Já a tenho escrita. Com licença.

E saí da sala, para ir buscar a minuta à gaveta da minha secretária, e principalmente para respirar, no alívio daquela solução.

Ah! felizmente estava passado o grande escolho!
De volta fui ter com Palmira. À minha primeira palavra, ela declarou, enrubescendo e sorrindo, que ouvira toda a minha conversa com Leandro.
— Bisbilhoteira!... E o que tens tu a observar?... perguntei-lhe.
— Eu?... Mamãe bem sabe que sempre acho bem feito tudo o que a senhora fizer...
Dei-lhe um beijo na testa e voltei ao salão, depois de fazer-lhe sinal que podia vir também.

14

Ai, quanto me custou a levar a cabo aquela singular conferência com meu futuro genro!... Como devia eu parecer-lhe caprichosa e ridícula!... Mas está claro que não havia de sacrificar minha filha a um falso escrúpulo de momento, a um miserável egoísmo de minha vaidade pessoal. Seria covardia indigna de mim — abandonar, à primeira dificuldade da capanha, todo o meu trabalho de tanto tempo, e comprometer para sempre a felicidade de Palmira e por conseguinte a minha própria.

Depois do pedido, principiamos logo a cuidar dos aprestos para o casamento. Mandei preparar a casa do noivo, e dispus com todo o esmero, lá em minha residência, os aposentos destinados à noiva. Eu e minha filha acompanhamos as obras com igual empenho e dedicação. Tanto em uma casa como na outra, tudo se fez para o completo conforto de um par; dir-se-ia que se tratava de acomodação, não de um, mas de dois casais.

Para meu futuro genro destaquei um pequeno e galante prédio que possuíamos em Botafogo. Ficou excelente depois de bem mobiliado e guarnecido com esmero. Para minha filha mandei arranjar, lá em nossa casa nas Laranjeiras, onde ela nascera e onde eu habitava havia vinte e dois anos, uma sala, uma larga alcova de casados, um quarto de estudo e oratório, outro de vestir, e um cômodo de toucador e banho; tudo isso independente, por modo que ela ficasse em liberdade e pudesse ter as suas entrevistas com o marido, quando as não realizasse em casa dele. Ficou tudo muito bom.

Os enxovais também foram aviados em duplicata, à exceção, bem visto, do vestido da noiva. Em qualquer das duas habitações podia um casal instalar-se comodamente. Minha filha palpitava de alegria no antegozo do seu amor, e eu sentia-me feliz por vê-la feliz; mas ninguém poderá calcular a dose de energia e a constância de caráter que tive de pôr em ação, para impedir que o noivo interferisse e se intrometesse nestes arranjos domésticos, e não estivesse sempre encarapichado às nossas saias. O pobre rapaz queria também, como é do costume no Brasil, vir todas as noites visitar a noiva e pespegar-se ao lado dela durante o serão até o momento de servir-se o chá. Não faltava mais nada! desalojei-o logo dessa pretensão, declarando que a ninguém recebíamos senão às quartas-feiras; mas, o demônio insistiu, recorrendo para vencer-me a todos os carinhosos recursos da adulação; e afinal, reforçando suas súplicas com as de Palmira, conseguiram os dois apanhar-me mais um dia na semana, que ficou sendo o Domingo.

Só nas vésperas do casamento permiti que se vissem todos os dias.

* * *

Por essa ocasião realizamos os três, e mais o meu velho amigo César, um belo passeio à Floresta da Tijuca.

Ao despontar de sol estávamos já à raiz da serra. Levávamos farnel e um criado para tomar conta dele. Deixamos na cocheira daquele ponto o carro que nos conduziu até aí, e tomamos, para subir a formosa cordilheira, uma vitória de dois lugares, onde eu iria com César, e em cuja boleia o criado se arranjaria com o farnel. Palmira e Leandro tinham, prontos à sua espera, dois cavalos escolhidos.

Era outubro, e a manhã saíra-nos encantadora. Foi deliciosa a subida até o alto da serra, por entre as vegetações e os penhascos da estrada, ao primeiro transbordamento do dia. A quaresma e a sucupira abriam já, na sombra azul das matas, flores roxas e amarelas. Inebriava o espírito deslizar suavemente naquele vasto rescender de aromas resinosos, ao hino matinal dos campos, que se iam, ainda mal acordados dos seus sonhos de opala, preguiçosamente desnevoando à dourada fulguração da luz nascente.

Não nos quisemos deter na cascatinha, e continuamos a subir para a Floresta.

A Floresta! Ah! quantas recordações não tinha eu desses lugares, onde tantas vezes passeei pelo braço de Virgílio, antes do nosso casamento, antes da nossa desilusão, quando eu ainda o amava com amor de mulher! César ao meu lado, no carro, parecia também esquecido nas suas saudades, porque ia abstrato e mudo, olhando fixamente o misterioso horizonte de verdura, com as mãos sobpostas ao queixo e firmadas no castão da sua bengala.

Palmira e Leandro seguiam adiante cavalgando emparelhados, a rir e a conversar, gárrulos e donairosos. Ah! esses não ficavam quietos e calados um só instante, porque iam vivendo do presente e do futuro. Avançavam a galope, resplendentes e soberbos no orgulho do seu amor e da sua mocidade, sem volver para trás os olhos enamorados; alheios a tudo, encarando com desdém o resto do mundo, como do alto da montaria olhavam no caminho as pobres cambaxilras, que esvoaçavam escorraçadas fugindo e gralheando à sua vitoriosa passagem.

Penetramos no coração da Floresta. Minha alma, de comovida, abriu-se de par em par, num êxtase contrito, num doce e profundo enlevo religioso. Tive vontade de ajoelhar-me à sombra das velhas árvores e chorar.

Como eu te amava ainda, casto paraíso das minhas saudades! ó minha querida floresta! Não tinhas, como eu, envelhecido, odorante e sombrio templo de verdura! encontrei-te moça e garrida como te deixara, e como a mim tinhas visto, dantes, muito dantes, à flor da minha juventude; o que agora te não achei foi tão minha amiga, tão minha confidente e tão comunicativa como dantes. Eras alegre, paraíso! achei-te triste!

Não! já não eras para mim o mesmo éden carinhoso e sorridente, que com todas as tuas vozes me falavas de amor e de vida! Reconheci as tuas místicas estradas murmurantes; os teus brancos caminhos serpeados entre montanhas de veludo verde; as tuas árvores patriarcais, de longas barbas venerandas, em que se engrimpam e dependuram orquídeas e parasitas; o teu lago quieto e melancólico, em que as taquaras e samambaias se miram furtivamente, por entre a esparsa e mergulhada cabeleira das algas e nenúfares; reconheci a música plangente das tuas águas rebatidas, de cascata em cascata, a sombra amorável e doce das tuas grutas escondidas; reconheci tudo isso, todas essas paragens encantadas; mas já não eras a mesma para mim, Floresta, que me embalaste os sonhos de esperança!

Oh! como Palmira nesse mesmo instante devia achar-te alegre, triste Floresta! Triste e morto paraíso de saudades!

— Em que cisma, minha amiga?... perguntou-me César, tomando-me uma das mãos.

— No mesmo em que você pensava ainda há pouco — no passado... Cismas de velho!...

E suspiramos ambos, desconsoladamente.

* * *

Voltei desse longo passeio, de um dia inteiro, com uma fria impressão de tristeza, que se não dissolveu em lágrimas, mas que enlutou de sombras dolorosas o meu velho coração de mulher.

E comigo foi sempre assim, muito antes mesmo da velhice. A contemplação de belas paisagens como a da Floresta, as grandes obras de arte, a música principalmente, deixavam-me na alma um amargo ressaibo de melancolia insolúvel. Atribuía isso, então, ao fato de nunca ter sido, em nenhum tempo de minha vida, completamente feliz. Essa tristeza era como que, não a saudade, mas a desconsolação de quem entreviu, compreendeu e sentiu a ventura natural do viver inteiro e completo, sem nunca poder atingi-la, sem esperanças de gozá-la ainda depois, já na velhice, se acha afinal sem esperanças de gozá-la ainda algum dia, nesta, ou noutra qualquer existência. Era o flébil ressentimento de um pobre coração espoliado e vencido.

E já agora confesso tudo: cheguei a ter uma incogitável ponta de inveja por minha filha... Mas não invejava a noiva, invejava a felicidade de mulher que a esperava, feita e preparada por mim. Ah! eu não tivera mãe, como ela me possuía!...

Entretanto, não me fartava de contemplá-la, embevecida de amor materno; e não me cansava de rever-me na sua paradisíaca ventura, achando-a mais feliz com seu amado, neste paraíso, do que no outro extinto os primitivos amantes, que esses, ai deles! Só chegaram a conhecer o amor pelo prisma da maldição e do pecado. Contemplei-os, feliz na minha inveja, belos como estavam, minha filha e meu genro, naquele passeio à Floresta da Tijuca! Como a inteira segurança da ventura os fazia monarcas absolutos da vida! Ainda agora, enquanto escrevo estas linhas à luz do meu candeeiro de trabalho, tenho-os nitidamente defronte dos olhos, como os vi nessa linda tarde, depois do almoço na gruta dos Dois Irmãos. Como eram um lindo par! Ele, com a sua roupa de montaria, assentado ao lado dela, fustigava com o chicote a pedra em que estavam ambos; Palmira, mais esbelta na sua amazona azul-ferrete, escutava-o sorrindo com os olhos fitos nos dele. E entre seus lábios, que nunca até então se tinham juntado, havia sempre, no murmúrio das palavras um sussurrar de beijos.

E vendo-os assim, tão íntimos, tão confiantes um no outro, tão seguros da sua eterna felicidade e do seu eterno amor, lembrei-me do meu tempo de noiva, lembrei-me das minhas esperanças, e logo também das negras decepções que sobrevieram ao meu casamento. Oh! se eu não tivesse ali, para interpor-me entre eles e separá-los quando fosse preciso, aquele par, tão harmonioso, tão sinceramente unido pelo amor; aqueles dois entes, tão talhados um para o outro, como eu parecia ter sido para meu marido, seriam no fim de algum tempo, se não tivessem reagido logo, fugindo cada um para seu lado, dois míseros infelizes, dois perdidos para a vida, dois inimigos rancorosos, condenados a viver na mesma casa, a comer na mesma mesa, a dormir na mesma cama!

Quão diferente fora a minha existência, se eu tivera possuído alguém capaz de fazer pela minha felicidade um pouco do que eu fazia pela felicidade de minha filha! Oh! mas só mesmo um coração de mãe seria capaz de tanto, e só ele conseguiria as coisas extraordinárias, que ainda tenho a revelar nestas sagradas páginas.

15

Já próximos do casamento, consultei Leandro a respeito do seu futuro e aconselhei-o que deixasse o emprego público pelo comércio. Eu me comprometia a ajudá-lo e me encarregaria de encaminhar as coisas, no caso que ele aceitasse o meu alvitre. César, que dispunha de boas relações na praça, tomou a seu cargo descobrir um sócio que conviesse ao rapaz. Eu entraria com a metade do capital, escondida atrás da firma de meu genro; a outra metade sairia do dote de Palmira.

O generoso médico, para quem minha família não tinha segredos, tomava crescente interesse pelos noivos. Seria ele um dos padrinhos de Palmira. Entusiasmava-o aquele casamento, assim levado a efeito contra todas as danosas praxes convencionais; prefigurava-se-lhe o meu original proceder alta lição doméstica, e dizia que a minha firmeza, em realizar o difícil plano concebido, dava uma bela cópia da energia do meu caráter, e havia de produzir obra de grande alcance sobre a futura orientação da vida conjugal. Fazia-me vaidosa o bom amigo! E começou a empenhar-se por Leandro com tão boa vontade, que o rapaz podia dizer encontrar nele um pai melhor que o verdadeiro. Foi César, enfim, quem moralmente o preparou para representar, junto de Palmira, o papel que eu lhe havia designado; sem essa inteligente e perseverante ajuda, não sei se teria conseguido chegar, vitoriosa, ao fim da minha empresa.

Leandro pediu a sua exoneração do emprego público na mesma semana do casamento.

Este foi num sábado, às cinco horas da manhã, sem pompas e sem ruídos; era nada mais que o meio de coonestar o namoro de Leandro com minha filha. O seu estado de noivos continuava por bem dizer como dantes; simplesmente, já desposados, gozavam de mais liberdade entre si, e poderiam, à sorrelfa, ir mais longe nos seus galanteios. Quis, intencionalmente, criar-lhes um transitivo período de beijos furtados e desejos mal contidos. Isso era necessário. Seria preferível essa iniciação da sexualidade a deixá-los, conforme o costume, promiscuamente encerrados numa alcova, durante muitos dias seguidos.

É torpe lançar na mesma cama, sem transição, um rapaz e uma donzela, que horas antes se tratavam ainda com certa cerimônia e só se amavam por palavras, olhares e sorriso. O salto é muito brusco; há de fatalmente perturbá-los. Reinará sempre mais vexame do que felicidade entre o casal que se vê duramente entalado na decantada lua de mel.

Não penso, todavia, como o Conde de Tolstoi, que o noviciado do amor seja análogo ao noviciado do vício de fumar, e produza no iniciante as mesmas náuseas e os mesmos incômodos; males terríveis, que os pacientes, não obstante, disfarçam em ambos os casos, sem coragem para dizer francamente que a lua de mel é uma repugnante tortura, e que o fumar não merece as honras de um belo prazer. Não! o amor é natural, e por isso não deve causar náuseas, no começo, como no fim. A lua de mel, consoante nossas práticas, é que não é natural, e deve constranger tanto a noiva como o noivo. Ela fica mortalmente ferida no seu ingênito decoro de mulher, e no seu congenial pudor de donzela; e ele, naturalmente ainda mais tímido que a sua companheira de suplício, pois todo o homem, em questões de amor, é sempre mais tímido que qualquer mulher, sofre revoltado pelo grosseiro e agressivo papel de verdugo, que tem de representar contra uma virgem, pela qual, no seu enlevo de amante, daria a vida se fosse reclamada.

Além disso, nas cruentas vicissitudes do iniciamento conjugal, revelam-se na esposa naturais manifestações que, por decoro, devem ser escondidas aos olhos de todo e qualquer homem, ainda mesmo que seja este o próprio consorte.

É preciso, em honra da moral e do respeito à natureza, que a consumação do amor, venha, não ex-abrupto, mas como o fatal e último elo de uma deliciosa e progressiva cadeia de ternuras; é preciso que ela seja a extrema nota de um crescendo de beijos; é preciso que esse momento supremo chegue naturalmente, chamado por todo o corpo reclamado por todos os sentidos, e não decretado friamente por uma lei sacramental, numa situação adrede preparada pela família dos noivos. Para que tão transcendente destino fisiológico se cumpra, sem detrimento do pejo feminil e da dignidade virginal, é indispensável que os dois agentes não tenham, no ato, absoluta consciência, nem a menor preocupação de o consumarem; é preciso que o seu arroubo amoroso haja chegado à loucura, depois de vibrada toda a escala de carícias, e lhes roube, nesse súbito instante delicioso, a luz do julgamento e da razão; e que os dois na insânia do seu desejo, sem juízo para refletir, sem olhos para ver, esquecidos de tudo e cada um de si mesmo, se confundam num só desvairamento de volúpia, e só acordem do seu transporte, e só dêem acordo do seu espírito, depois da ampla consumação carnal.

A crise amorosa, levada pelas carícias ao auge do desejo, atinge às proporções do delírio; e esse delírio, essa momentânea inconsciência dos atos praticados, é o véu providencial com que a natureza esconde, castamente, no supremo instante da vitória da carne, a nudez do homem aos olhos da mulher, a nudez da mulher aos olhos do homem.

Sem esse véu, que os envolve e os oculta à vergonha um do outro, o primeiro amor de uma donzela fica tão prostituído como esses frios amores que os libertinos compram no regaço das perdidas. Ao contrário do que disse S. Mateus, no versículo 28 do seu livro, e com o que Tolstoi fecha o seu duro libelo niilista contra a propagação da espécie, todo o contacto carnal, que não vier precedido de um desejo invencível, é imoral e vicioso. E, pois, todo o enlace de sexo, produzido exclusivamente pela fatalidade dos instintos, sem intervenção absoluta da vontade moral, não é obra da criatura, e sim da natureza, ou de Deus, e como tal deve ser respeitável e sagrado, seja ele na vida dos homens ou na vida dos brutos, ou na vida das plantas; ou, quem sabe? na vida dos astros!

* * *

Haverá coisa mais repugnante e mais estúpida do que esse velho costume de preparar a cama dos noivos? e cobri-la de flores, e cercá-la de obscenos cuidados? E mais: depois de um baile, depois de escandalosas fórmulas e cerimônias, em que entram véus brancos e grinaldas de flores simbólicas e depois da vexatória exposição das duas vítimas a todos os olhares e íntimos juízos dos convidados, conduzir a pobre noiva, toda paramentada, para o quarto que lhes destinam, para o toro do defloramento, no meio de um cerimonial de palavras e gestos, trocados entre madrinhas e padrinhos; e depois — abandoná-la ao noivo, de quem se presume não haja nunca recebido uma carícia sensual; e deixá-los a sós, presos na mesma alcova, forçosamente distraídos do seu desejo, a olharem-se um para o outro, sem ter nenhum o que dizer, que não seja afetado e banal; ela a tremer, intimidada pelo desconhecido e pelo terror do que a espera; ele constrangido e aflito, por sentir-se fora de seus hábitos regulares e longe do seu bem-estar, e tendo de despir-se ali mesmo, defronte de uma virgem, e deitar-se com ela na mesma cama, e, afinal, tomá-la convencionalmente nos braços, enquanto a paciente, com toda a lucidez do seu espírito, entanguida e sarapantada de susto, em vez de pensamento de amor, em vez do apócrifo "Enfin seuls", só rumina e babuja entredentes esta frase ridícula e medrosa: "É agora!".

Então, haverá coisa mais repulsiva e mais bárbara do que isto?

Ainda hoje me doem amargamente no coração as angústias que sofri na minha primeira noite de casamento, e juro, não obstante, que amava muito meu marido, e que, muito e muito, o desejei antes, nos meus enganosos sonhos de felicidade. Mas, quando me vi a sós com ele, fechada no mesmo quarto, o meu desejo único foi fugir e pedir socorro.

Toda aquela indecorosa encenação de amor; todo aquele cerimonial de que cercaram o meu tálamo; todo aquele desusado e insociável luxo de que sobrecarregaram o aposento, iluminado por uma lâmpada de vidro azul; e o luxo afetado e espetaculoso da cama, e o luxo intencional de rendas e fitas na camisa que me vestiram, e os calculados perfumes que me puseram no corpo; tudo isso, tudo me sobressaltava e me fazia nervosa. Demais, o ar de Virgílio também me constrangia; ele não tinha nessa ocasião as suas maneiras simples, o seu ar franco e simpático de bom rapaz; estava até esquerdo, desajeitado, procurando disfarçar o seu invencível embaraço.

A verdade é que nos sentíamos corridos e vexados, comparecendo assim, um defronte do outro, naquele isolamento de alcova, mais que os dois criminosos do paraíso, no momento do pecado capital. Prenderam-nos ali dentro, para quê? Para uma coisa inconfessável e ridícula, desde que não era naturalmente provocada pelos transportes da nossa mocidade, posta em jogo pelo amor. Não tínhamos palavras um para o outro. Virgílio, todavia, caiu-me aos pés, beijou-me as mãos e agradeceu-me com bonitos termos — aquela felicidade — que lhe era, afinal, concedida, depois de tanto desejada.

Aquela felicidade! mas eu sentia perfeitamente que tudo isso, afirmado por ele nessa ocasião, não era sincero; dizia-o para dizer alguma coisa, para dar qualquer solução àquela cena difícil; e o que eu lhe respondi foi tão falso como o que ele me mentiu. Se eu lhe pudesse falar com franqueza, se não fosse ofendê-lo confessar-lhe a verdade, dir-lhe-ia que, naquele momento, o meu desejo era só, e só, que ele se retirasse da minha presença; dir-lhe-ia que, naquele instante, tudo desejaria, menos fazer a consumação carnal do amor que eu lhe dedicava.

E percebi claramente que Virgílio ia lançar-se nos meus braços, não por impulso do seu amor, aliás forte e verdadeiro, mas porque era essa a sua obrigação de noivo; percebi claramente, e afiança, que, se ele pudesse saltar por cima dessa noite difícil, sem tocar-me no corpo, e acordar no dia seguinte já familiarizado comigo, e já desoprimido do constrangimento que a nós ambos vexava — aceitaria essa graça como um presente do céu. E, no entanto, ia se despindo, afetando um grande empenho em achar-se ao meu lado, na cama...

Pobre de nós! começamos a mentir um para o outro desde o primeiro dia do nosso consórcio!

E eu já não tremia; sentia-me agora revoltada, sentia raiva! contra quem, não sei; mas sentia ódio, sentia cólera. Não que me repugnasse a ideia do primeiro contacto com um homem; não que tanto me apavorasse o segredo nupcial; mas porque não caminhara até ali arrebatada pelas garras do meu desejo; arrastada pelos impulsos do meu sexo, e porque tudo aquilo grosseiramente desrespeitava o meu direito de vontade, rebaixava o meu caráter e ofendia o meu pudor.

* * *

A minha noite de núpcias foi, pois, uma noite de sacrifícios, nem só para mim, como sem dúvida para meu marido. Não lhe compensara, decerto, tamanho constrangimento o complicado prazer, que porventura lhe proporcionou o nosso primeiro contato, no formal desempenho daquele grosseiro enlace.

Não tive o menor gozo; tudo me fez sofrer, sofrer deveras; não só no moral, como fisicamente, e muito. Sofri e padeci, porque, na preocupação sobressaltada de esperar aquela noite, e no constrangimento e no choque daquele primeiro encontro, assim tão cerimonioso, tão previsto e tão festejado, meu corpo, sem atingir o necessário grau de apetite sexual, privou-se da indispensável e benéfica lubrificação com que a natureza protetoramente habilita e prepara, em tais casos, os nossos delicados órgãos do amor. E essa falta transformou um ato, que devia ser bom e natural, em verdadeira violência. Fez-me doer; fez-me chorar.

Apesar de toda a minha ingenuidade de donzela, compreendi que não era aquilo, com certeza, o que a natureza queria desempenhado; não era aquilo o que todo o meu corpo adivinhava depois da puberdade, reclamando-o com delícia, e enchendo-me os sonhos de amorosos enleios voluptuosos, em que o espírito se me aniquilava e só a matéria palpitava de gozo. Não! ali, naquela terrível noite, a minha razão não sucumbiu, nem os meus próprios sentidos tomaram parte na vergonhosa pugna; fiz-me paciente resignada, cônscia de estar cumprindo uma obrigação penosa, aflita por ver-me livre de semelhante sacrifício. Que fosse o verdugo meu marido, fosse Virgílio ou qualquer outro homem, ser-me-ia igual, porque não era o amor que lhe votava o que me retinha pregada àquela cruz, crucificada naquele pomposo leito de dores.

16

Só mais tarde comecei a achar prazer nas ligações com meu marido; os primeiros dias foram horríveis. Ainda me lembro do calefrio de medo que tive na segunda noite, quando ele quis recomeçar a campanha da véspera.

Para evitar à minha filha todo esse ridículo infortúnio, entendi e resolvi que ela devia entrar na sua vida de casada sem "pagar patente" com a clássica lua de mel". De sorte que, na mesma manhã do casamento, achando-se já tudo disposto, carreguei com os noivos para a fazenda de um amigo meu, no interior da província, a qual de antemão me fora franqueada. A fazenda estava entregue apenas aos cuidados do feitor e da escravatura, enquanto os senhores passeavam na Europa.

Acomodamo-nos por lá como nos foi possível, sem arranjos especiais de quarto de noivos. Nada disso! Cada um tomou conta de seu aposento e tratou de si.

Durante a viagem de trem, e principalmente depois de chegados à fazenda, meu genro, que não deixava a mulher um só instante, furtava-lhe beijos sempre que eu me afastava deles, ou quando me supunham muito distraída. Não os perseguia nem rondava, mas também não lhes facilitava ocasiões para os arrulhos. A gente da casa não sabia se eles eram irmãos, ou primos, ou casados, ou noivos, ou simplesmente namorados. O quarto de Palmira era distante do quarto do marido, e entre os dois estava o meu. Esta disposição foi intencionalmente estabelecida por mim: se eles com efeito se sentissem arrebatados um para o outro, o próprio desejo havia de aproximá-los de qualquer modo, não era absolutamente necessário que os fechasse eu dentro da mesma prisão, como fizeram comigo e Virgílio, e como se faz com as cadelas e os cães de raça que têm de procriar.

Como eles se uniram pela primeira vez, em que ocasião e em que circunstâncias, só vim a saber meses depois, narrado comovidamente por minha filha, que até hoje guarda a mais doce, a mais poética e consoladora impressão desse momento de completa felicidade.

Nem foi em casa, foi num sombrio, ignorado canto da mata deserta, sítio protetor de outros amores, de cujos suspensos ninhos partiam bíblicos duetos de ternura. Não foi sobre colchas bordadas, nem lençóis de renda adrede preparados, mas no regaço carinhoso da floresta, ao casto e lascivo respirar da natureza, na confidência maternal da terra.

Tínhamos chegado à fazenda às onze horas da manhã, com tal fome que, mal nos desfizemos do pó da viagem, atiramo-nos ao almoço vorazmente. Almoço de roça, que são os melhores, porque são os que se comem com mais apetite. Depois não pude resistir ao cansaço daquele dia tão cheio, deitei-me, e quando acordei soube que minha filha tinha ido dar um giro pelo campo com o — namorado. Achei natural, e nada lhes notei na fisionomia quando os vi de volta às cinco horas da tarde. Apenas uma coisa me impressionou suavemente, é que Leandro, ao entrar em casa, tomou-me as mãos com meiguice e deu-me um beijo na testa. Com esse beijo quis ele naturalmente dizer que já era meu filho, mas na ocasião não dei por isso, notei sim que as suas roupas, como os cabelos de Palmira, respiravam cheiro de folhas verdes esmagadas.

Seu eu reproduzisse aqui a descrição que dela ouvi desse furtivo passeio ao fundo da mata virgem, deixaria entre estas pobres linhas uma vivida página de romance, mas como não sou romancista, nem estou fazendo literatura, mas tão-somente escrevendo uma justificação de meus atos de mãe e sogra, destinada a dois únicos leitores — minha filha e meu genro, nada direi do que então se passou entre eles, mesmo porque, a respeito de tal cena, é o caso de afirmar com segurança que os meus leitores a conhecem já melhor do que eu.

Foi no mesmo dia, e eu, tola que sou! imaginava ainda que os brejeiros esperassem ao menos pela noite. E o mais curioso é que nunca percebi, mesmo depois, as vezes em que eles se uniram. Durante o dia estávamos quase sempre juntos; às horas de recolher cada um ia para o seu quarto, depois de enchermos o serão a fazer música ou canto, ou jogando cartas, até à ocasião do chá; e durante a noite nunca ouvi o ruído de uma porta que se abrisse ou fechasse, nem senti passos na varanda, nem rumor de cochichos abafados nos aposentos dela ou dele. Podem gabar-se, os matreiros, de terem sido umas verdadeiras abelhas do amor.

Nessa ocasião o meu empenho único a respeito deles, era não deixar que faltassem ao preceito imposto pela Bíblia no Levítico, vers. 19, do seu cap. XV, ficando ao lado um do outro durante o período condenado. E assim foi. Logo que percebi a aproximação da crise, mandei fazer as malas e determinei levantarmos acampamento na manhã seguinte, sem dar ouvidos às súplicas e às reclamações dos dois.

Meu genro parecia ter endoidecido com o fato, amuou-se, resmungou, não quis jantar; contentei-me pela minha parte em lembrar-lhe as condições do casamento.

Ele, sem se resignar de todo, recorreu então aos meios humildes; tomou-me nos braços, beijou-me, pediu-me por amor de Deus que lhe concedesse mais uma semana de lua de mel, apenas uma semana!

Fui inflexível; se cedesse logo à primeira vez, estaria desmoralizado para sempre o meu programa.

A volta da fazendo foi por conseguinte quase muda e muito triste. Palmira chorava em silêncio ao canto de um banco do vagão; o marido, ao lado dela, de pernas cruzadas, sobrolho franzido e dentes cerrados, não emitia palavra, nem desviava os olhos de um só ponto, a não ser para desferir de vez em quando, contra mim, um fulminante olhar de ressentimento e raiva. Ia furioso!

E, já na cidade, lá em casa nas Laranjeiras, as despedidas foram dolorosas. Uma cena violenta! — frases de maldição! Houve soluços por parte de minha filha; lágrimas por parte de Leandro. Sim, eu vi as suas lágrimas, ele é que não viu as minhas, porque lhas não mostrei. No entanto o meu pobre coração chorava: doía-me separá-los tão depressa. E quando os contemplei abraçados, a despedirem-se, com os rostos escondidos no pescoço um do outro, o corpo de minha Palmira sacudido pelos soluços, sem ânimo nenhum dos dois de largar dos braços o consorte, apertou-se-me tanto a alma, que, por pouco, não fraquejo e abro mão da disciplina, deixando-os ficar juntos o tempo que entendessem.

Felizmente, porém, não sucumbi à momentânea fraqueza e tive alento para dizer ao rapaz em tom sereno e já com a voz segura:

— Bom! O caso não é assim também para tão grandes despedidas! A separação não é tamanha! Agora vai o senhor, meu estimável filho, para a sua casa, e nós cá ficamos em nosso canto. Pode visitar-nos uma vez por dia, até nova ordem. Não durará muito a interdição — descanse! Olhe: venha jantar amanhã conosco... O Dr. César deve estar aí, e temos de conversar os três sobre interesses comerciais. Não venha antes das três horas da tarde. Adeus, adeus.

E Leandro destacou-se com efeito para a sua casa, acompanhado pelos olhos da esposa, que não saiu da janela enquanto ele não dobrou a esquina da rua, depois de repetidos sinais de adeus de parte a parte.

Como passara meu genro essas primeiras horas de isolamento depois de quase um mês de convivência com a sua amada, só o soube muito mais tarde, repetido por minha filha, a quem ele no dia seguinte descreveu os seus tormentos. Ela também estava então inconsolável; chegou a fazer-me biquinho. Eu, porém, tinha de sobra no meu amor materno segredos para o desarmar contra mim. Consolei-a o melhor que pude.

Mas que alegrão no outro dia, quando os dois se encontraram de novo! Dir-se-ia que a ausência não fora de vinte e tantas horas, mas de vinte e tantos meses! Leandro acudiu pontualmente à hora marcada por mim. Palmira, ao perceber da janela que ele chegava, lançara-se com tal ímpeto pelo corredor, que não sei como não rolou a escada. Recebeu-o nos braços, chorando de alegria.

Ele trouxe-nos flores; beijou-me a face, como sinal de que já não estava agastado comigo, e abraçou expansivamente o Dr. César, que também fora ao seu encontro com um calmo sorriso e uma amorável frase paterna.

E o nosso jantar foi o mais alegre que tivemos até aí. Abriu-se uma garrafa de champanha.

Foi bastante a separação de um dia para que voltassem ao casal todos os arrulhos de antes do matrimônio. Meu genro tocava com os pés, por debaixo da mesa, os pés de Palmira, e segurava-lhe furtivamente a mão, e dizia-lhe em voz baixa sedutoras palavras de amor, requestando-a de novo para um novo casamento.

Eram felizes. E eu me sentia também feliz, ao reflexo da ventura dos dois; e sorria para César, que esse bem compreendia o alcance da minha felicidade e orgulhava-se de ter contribuído para ela.

À meia-noite dissolveu-se a roda. Leandro retirou-se com o médico, ficando ajustado que voltariam ambos no dia seguinte às mesmas horas. O meu velho e querido amigo disse-me, ao sair, por ocasião de dar-me a mão:

— Vai muito bem! Vai muito bem!... Continue, Olímpia!

— Creio que consigo fazer o milagre... segredei-lhe, abraçando-o.

— Consegue, consegue tudo! Você é uma santa, minha amiga! Adeus.

17

*F*oi uma bela inspiração ter feito Leandro entrar para o comércio. Entrou com o pé direito. A casa a que ele se reuniu começou, com o novo capital, a prosperar de um modo admirável. Tornou-se rapidamente conhecido na Praça e conquistou logo bonito crédito. A sua atividade e a sua inteligência, aliás comuns, encontraram bom campo para exercitar-se, sem o menor prejuízo do seu sistema nervoso.

Agora, já não lamentava eu que ele não fosse oficial de marinha. Reformara todo o meu julgamento a esse respeito, por deduções que exporei mais adiante.

Ao contrário do que sucederia se Leandro fosse meu filho e não meu genro, alegrava-me com ser ele simples negociante e não notável artista, ou afamado escritor, ou vulto ilustre na ciência. No exclusivismo do meu amor de mãe, teria até um grande desgosto se o marido de minha filha se revelasse, de um dia para outro, homem de talento singular e começasse a ser aclamado pelo público. Deus me livre! — seria uma desgraça!

Nem falar nisso é bom! o homem de talento não pertence à família, pertence à multidão, pertence à sua pátria, pertence ao mundo pertence ao século; que sei eu? pertence ao diabo, pertence a tudo, a tudo, menos à pobre mulher com quem caiu na perniciosa asneira de casar. Além do que, o constante esforço encefálico, para conceber e produzir grandes obras de arte, traz fatalmente consigo o precoce esgotamento nervoso; o que, suponho, não preciso dizer que é de suma importância na felicidade conjugal.

Se eu fosse homem, sacrificaria de bom grado boa parte da minha força nervosa pela glória de ser um grande escritor, ou um grande artista, ou um grande sábio; se eu tivesse um filho daria prontamente, nem só minha saúde, mas a vida, se em troca de tal sacrifício alcançasse ele aquela glória; mas o que eu tinha não era um filho, era uma filha; logo precisava de um "bom genro", de um bom marido para ela; e queria pois que esse meu genro fosse talhado pelas conveniências particulares de sua mulher e não pelas conveniências gerais de qualquer homem.

Parece absurdo, mas não é. Absurdo é o protesto que alguns artistas fazem contra as competentes sogras, porque estas, na vigilância do seu amor materno, se revoltam em guerra aberta contra o absorvente egoísmo do talento deles e contra a absorvedoura preocupação das suas glórias individuais, cônscias de que nisso reside o terrível inimigo da felicidade doméstica da filha.

Não é raro ouvirem-se deles exclamações desta ordem:

"Vejam o que é ser sogra! A minha já me declarou, face a face, que preferia fosse eu um homem vulgar, mas — bom marido — a ser quem sou, causando à filha, apesar do meu nome e do meu talento, as contrariedades de que ela se queixa! Já particularizou até com toda a franqueza que preferia para genro um taverneiro estúpido, porém exemplar como esposo, a mim ou ao mais ilustre artista do universo!"

Decerto! Elas têm toda a razão. Não compreendem esses senhores sonhadores de glória que a sogra, assim praticando, está perfeitamente dentro do seu programa de mãe amorosa, ao passo que eles, contraindo casamento, traíram o programa do seu ideal artístico, aceitando um novo ideal incompatível com o primeiro. É impossível viver de corpo e alma para a arte e para a glória e viver ao mesmo tempo para a família! Desses dois ideais um triunfará em sacrifício do outro. Há uma coisa pior do que ficar eternamente solteiro — é casar, sem sentir aptidão para ser um bom chefe de família.

"Quem não pode com o tempo não inventa modas" diz a sabedoria do povo.

A boa sogra, ou, por outra, a boa mãe, quer que seu genro seja um bom marido de sua filha e nada mais. Não é o talento, nem são as glórias dele que a interessam, mas é só a felicidade dela. Para isso a boa mãe ou boa sogra procura agradar o genro, fazer-lhe as vontades, não contrariá-lo, adulá-lo até, levar-lhe a papinha à cama; mas não por ele próprio, e sim porque tudo isso se traduz em benefício da filha.

Leandro, pois, ao meu ver, nada por si só representava; valia muito, porém, desde que eu o julgasse como auxiliar indispensável à felicidade de Palmira. Por conseguinte, sob o ponto de vista do meu egoístico e extremoso amor materno, meu genro, quanto menos individualidade intelectual tivesse, tanto melhor para mim, porque tanto mais seria ele absorvido pela esposa.

A um genro basta a inteligência apenas necessária para não ser ridículo e para não fazer maldades conjugais por estupidez. Na família, em que ele entra, e à qual fica adido, nunca poderá atingir no amor dos pais o primeiro plano, que esse pertence aos filhos. É um auxiliar do amor, como certos artistas de ordem subalterna são os auxiliares dos artistas criadores, ou de primeira ordem. Um genro é para nossa filha o que o gravador é para o pinto original, de cujo quadro ele tira o seu desenho; o que o cantor é para o compositor musical; o que o ator é para o autor; o que o executor de estátuas é para o estatuário que as concebeu; o que o mestre de obras é para o arquiteto, e o que o tradutor ou o compositor tipográfico é para o escritor. Do mesmo modo que o artista criador não pode dispensar o artista auxiliar, porque precisa dele para o desempenho da sua produção, assim, nós sogras, não podemos dispensar o genro. Não o desprezamos, ao contrário — tratamo-lo com todo o carinho; mas o seu papel em nosso amor e em nosso interesse, nunca será o primeiro e sim o segundo, porque o primeiro pertence à sua mulher, que é nossa filha.

O que uma boa sogra tem a pedir ao genro não é estima, nem carinhos para ela; não é tampouco que tenha talento ou seja um grande homem, é pura e simplesmente que lhe faça a filha feliz. Se o genro fizer isto, a sogra nada mais tem a exigir dele, e há de ser boa por força de regra.

A sogra só é má quando a filha é infeliz com o marido, ou quando, o que é anormal, não sinta amor de mãe.

Não! para esposo de minha filha não quereria nunca um gênio, nem algum herói glorioso, fosse ele lá de que espécie fosse; para meu genro queria simplesmente um homem — um bom marido.

Pois bem: o negociante, segundo o meu novo modo de julgar, é quem melhor preenche esse ideal.

Vejamos por quê:

O negociante, na comunhão do trabalho e da luta pela vida, representa apenas o cômodo papel de uma máquina de especulação movendo-se tão-somente pela avidez do lucro pecuniário. Para abraçar e exercer a sua carreira, ele não precisou pôr em contribuição as suas forças nervosas, estudando um curso difícil e fatigante; precisou nada mais do que exercitar-se materialmente na prática do comércio. O indivíduo, sem técnica, ou habilitação para produzir qualquer trabalho, o indivíduo intelectualmente nulo, pode abraçar, de um dia para outro, a carreira comercial, e pode ser feliz. Não são raros os exemplos de negociantes ricos, considerados e poderosos, absolutamente analfabetos e rasos de inteligência.

A ignorância e a vulgaridade intelectual são até requisitos indispensáveis ao bom êxito dessa carreira, tanto quanto a ilustração e o talento são qualidades negativas, porque os escrúpulos, as suscetibilidades, a fidalga e generosa linha moral de um espírito superior e cultivado, representam sérios impedimentos para o pronto alcance de sucesso na vida comercial.

E, se descermos à análise do mercador de baixa escala, esse que por aí se chama "negociante a retalho", então poderemos dizer que o homem de negócio é o que menos se gasta nervosamente no atrito do esforço comum, o único que nada produz absolutamente, o único por conseguinte que não trabalha, e no entanto o que mais ganha e acumula dinheiro. Esses formam uma classe especial, e especial é o prisma por que tudo vêem. Até a sua suposta honradez é singular: Não pagar, por exemplo, uma conta ao dia e à hora certa, é para um negociante o ato mais desonesto que se pode cometer, mas furtar no custo de qualquer objeto vendido, ou enganar o comprador, impingindo gato por lebre, isso é simplesmente fazer bom negócio.

E tanto assim é que, esse mesmo traficante, que leva a iludir ao próximo todos os dias, a toda a hora, a todo o instante, quando encontra um mais velhaco, caso raro, que por sua vez consiga enganá-lo, comprando-lhe qualquer objeto a crédito e não pagando no prazo ajustado, revolta-se furioso e quer brigar, em vez de, por coerência e por honra aos seus princípios, atirar-se-lhe nos braços, exclamando: "Ora até que afinal, entre tantos tolos, encontro um esperto dos meus! Sejamos amigos!"

A honra do negociante é diferente da honra dos outros homens. O militar, por exemplo, que não solver uma letra no dia do vencimento, não fica por isso desonrado, como não fica desonrado o negociante que levar um par de bofetadas; mas, se invertermos os casos, tão desonrado fica um como o outro. Isto quer dizer que a chamada honra do negociante não reside, como a de toda a gente honesta, na consciência do respeito a si mesmo e na imputabilidade pessoal, mas no crédito abstrato da sua firma ou da sua casa de comércio; por isso que ele, mesmo sem levar bofetadas, mas cometendo toda a sorte de baixezas, enganando, mentindo, adulando o freguês para lesá-lo, continuará a ser um "homem honrado", desde que pague em dia as suas contas.

O mais interessante, porém, é que a sociedade brasileira, nem só lhe dá acesso, como ainda o coloca no primeiro plano da sua primeira camada, emprestando-lhe, como para justificar-se desse erro, aos olhos dos que não são traficantes comerciais, o título das duas qualidades que ele menos possui: — trabalhador e honrado.

Honrado trabalhador! Mas trabalho quer dizer técnica e quer dizer produção; e o negociante não produz e só tem uma ciência — a de enganar o incauto consumidor, para apanhar-lhe, como as cocotes, o dinheiro que puder. E eu, cá por mim, nesta questão de exploração e gatunagem, prefiro, com franqueza, e acho menos nocivo e mais sincero, o gatuno que rouba o relógio ao transeunte ou arrebata um queijo da porta do súcio, porque esse é castigado pelo seu próprio aviltamento e arrisca a liberdade quando furta; ao passo que o outro a nada se expõe e, em vez do castigo correcional, recebe em prêmio da sua próspera ganância todas as honras e todas as considerações da nossa melhor sociedade.

Ninguém será capaz de apresentar-me o exemplo de um taverneiro que não furte ou não tenha furtado; no entanto os proprietários prediais, desta aristocrática cidade, preferem, para a indispensável garantia dos aluguéis das suas casas, a qualquer outra firma, a firma de um vendeiro.

Isto tudo para explicar que eu, quando falo da conveniência de ser o marido negociante, não quero dizer que desejaria para esposo de minha filha um taverneiro ou coisa que o valha; mas um desses homens de ação e de atividade, que conseguem fazer da inteligente especulação do capital ou do crédito um bom e rendoso meio de vida e de riqueza. Em abono da classe em geral, afirmarei que esses são incapazes de pequenos furtos e jamais sujam as mãos no cobre alheio, porque só tocam em ouro, e ouro não suja, como eles dizem, ainda mesmo que não seja o nosso. São homens limpos, afáveis, em geral de boas maneiras, vivos, penetrantes e muita vez inteligente. A um conheci eu, muito polido e galante, que conseguia casar com o seu hebraico e frio entusiasmo pelo rei dos metais certo calor de imaginação poética. Esse dizia, sorrindo de volúpia, que "o juro é o perfume do capital" e outras tantas coisas assim bonitas e inspiradas. Era um encanto ouvi-lo nos seus sonoros devaneios.

Na sua qualidade de mero especulador parasitário da produção científica, industrial, artística, literária ou agrícola, não passando nunca de ávido intermediário entre o produtor e o consumidor, o negociante não se esgota nervosamente, sem todavia deixar-se ficar em completa ociosidade, tão enervante e perniciosa como o excesso de trabalho intelectual; e por isso deve ser um excelente procriador. A mulher tem sempre a lucrar fisiologicamente todas as vezes que o marido, em vez de trabalhos intelectuais, execute serviços materiais. O espírito perde, mas o animal aproveita. E a felicidade doméstica, a despeito de tirar da imaginação o segredo de manter o entusiasmo do amor, baseia-se menos no espírito que na matéria.

Não se suponha que, por ser material a vida do comércio, sejam materialistas os negociantes e sejam incapazes das ilusões do amor. Não! o fato justamente do positivismo forçado da sua profissão, leva-os por uma simples lei de contrastes, a buscar nas coisas idealizáveis o necessário repouso do pensamento. Os artistas, os filósofos e os poetas, esses sim, é que, fazendo do ideal matéria de trabalho e cabedal de ofício, precisam ser materialistas nas horas de descanso.

O poeta, quanto mais sublime e elevado for na sua obra, tanto mais prosaico e terrestre será na vida privada; ao passo que o burguês do comércio, depois de deixar o estúpido serviço, começa a viver para a fantasia e para o coração.

O poeta sonha quando trabalha e animaliza-se para descansar. O comerciante trabalha como animal e repousa com o sonho. Aquele precisa deixar folgar o cérebro com a vida do corpo, e o outro dá folga ao corpo com a vida do pensamento.

É por isso que todo homem de vida material detesta, em questões de arte, o naturalismo e a verdade, encontre-os na estatuária, na pintura, no romance ou no teatro, e adora o maravilhoso e o fantástico. São como as crianças.

O mercador do Brasil, quando não sonhe outras quimeras, com uma nunca deixa de sonhar — é a da comenda. E, mal a suponha realizada, começa a sonhar com o título de barão, e depois com o de visconde ou conde.

Ora, se o poeta, ou qualquer homem de talento só tem ilusões dentro do seu ideal artístico ou científico, ao contrário do que sucede ao homem de vida prática, e, se para a felicidade doméstica da mulher, é indispensável a ilusão do amor por parte do marido, segue-se que para este fim é preferível entre aqueles o segundo e não o primeiro. E, como nos diversos ramos da atividade material, o comércio leva grandes vantagens sobre todas as outras ocupações desse gênero, conclui-se que o negociante é quem melhor preenche o ideal do esposo.

— Então, a mulher só pode ser feliz casando-se com um negociante? perguntar-me-ão talvez.

— Não digo isso; mas, com efeito, nessa ordem de casamentos, é onde relativamente aparece menor número de desgraças conjugais.

Há porém um ponto desta questão que jamais foi atendido e que merece todavia ser estudado de perto, porque destrói em parte as vantagens do negociante como esposo. Vem a ser o seguinte:

O tipo de negociante em geral não é o de um homem fascinador. Além da falta de talento que o atirou para a vida material, faltam-lhe o hábito e as boas maneiras da gente fina; falta-lhe elegância, bom gosto; falta-lhe educação. Ora, sucede quase sempre que a gentil rapariga, ao passar das mãos dos seus parentes para os braços dele, entende fazer com isso um sacrifício à família, porque, de si para si, já tinha naturalmente criado na fantasia um ideal de noivo muito diferente do que lhe deram; quando já não o tenha escolhido real e palpável, mas em silêncio, entre os estudantes acadêmicos ou entre os poetas e artistas pobres.

O noivo adotado pela família é claro que será o prevalecente, e mais se o pai da moça for comendador.

Pois vejamos agora quais são as tristes consequências desse casamento, feito assim, só com a vontade do comendador pai e só com a vontade do futuro comendador genro. Admitamos, antes de mais nada, que a desposada é virtuosa e compreende perfeitamente os deveres do seu novo estado, o que a torna incapaz de trair o marido. É esta a melhor hipótese. Ainda assim, o que sucede?

Sucede que ela, desiludida por aquele casamento, que em nada veio realizar os seus sonhos de felicidade, resigna-se, mas sem fazer o menor empenho para tornar melhor e mais feliz do que a dela a vida do esposo. Não o desonra, mas também não lhe dá um só momento de verdadeira alegria e de verdadeiro amor. Ele, pelo seu lado, que esperava achar no matrimônio a realização de uma contínua felicidade, honesta e calam, fica por sua vez desiludido e desesperado, e começa a ser desde então nada mais que um burro de carga daquela casa, que nunca foi o seu lar ou o seu ninho, pois que não se compreende ninho ou lar sem amor.

Vem o filho, e a desventura doméstica dos pais transforma-se então em novos elementos de desgraça para a geração inteira: A mãe, que até aí conservou intacto o cabedal de meiguice feminil com que veio ao mundo, põe-se a adorar o bebê e despeja-lhe de uma só vez, na tenra moleira, todo esse inestimável tesouro de ternura, que ela trazia no coração para gastar durante toda a sua vida de mulher; o marido, por outro lado, não tendo tido também até aí com quem aproveitar o seu farnel de dedicação e de amor, porque encontrou a esposa sempre de peito fechado para recebê-lo, recorre ao filho, e começa a fazer dele o exclusivo objeto de todos os seus carinhos e exagerados desvelos. Se o pimpolho não desmedra e morre logo no berço, sufocado de beijos e abraços, qual será a consequência desse excesso de mimos? Será que a criança fica irremissivelmente estragada e perdida para todos os efeitos, fica malcriada, voluntariosa, insuportável de gênio: fica reduzida a um mimalho adulado pelo papá e pela mamã. E como o desvelo por ele foi até ao ponto de o não deixarem correr e brincar com liberdade, e como sempre o trouxeram afogado em ondas de rendas e de fitas, e de fraldas e cueiros; e como lhe não deixaram descansar o estômago das balas de açúcar e confeitos e bonecas meladas, fica ainda o desgraçadinho tão minguado de corpo como de espírito.

E que homem pode vir desse mimanço? O pai, comendador, destina--o para doutor, está claro! mas, à proporção que o filho for crescendo, os mimos vão aumentando, e o infeliz ir-se-á tornando pior, cada vez mais insuportável para os estranhos, e cada vez mais adulado pelo papá e pela mamã. Como até então ninguém o constrangeu ao menor esforço ou dever de trabalho, ninguém obterá também dele que consiga aprender alguma coisa; ficará condenado a ser um belo tolo; adquirirá vícios antes de ser homem; o seu curso acadêmico, se chegar à academia: o que é natural porque é fácil, será um curso de bebedeiras, de pândegas e de aprovações obtidas à custa do aviltamento de seu caráter, ou do caráter dos pais. E o mimalho acabará fatalmente por apresentar ao mundo mais um espécime desses milhões de bacharéis inúteis, pretensiosos e tristes, incapazes da obra mais insignificante, mantendo-se à custa da família ou da herança até à velhice, e só vivendo para desorganizar o meio em que vegetam.

Eis por que o negociante nem sempre convém para marido de nossas filhas.

E eis por que, para sintetizar a escala geral da família brasileira feita pelos portugueses, formei este axioma:

Pais — comendadores; filhos — bacharéis; netos — mendigos.

Se outras razões não ocorressem para promover eu a todo o transe a conservação do amor sexual entre minha filha e meu genro só o fato de que o contrário seria nocivo a meus netos, mereceria de mim todos os sacrifícios que àquela causa tenho até hoje dedicado.

18

Com orgulho e com prazer declaro que a vida conjugal de minha filha ia por adiante, desenrolando-se feliz. Meu genro continuava a morar sozinho em Botafogo e nós duas no bairro de Laranjeiras. Ao fim de vinte meses de casados, Leandro era para a sua adorada Palmira o mesmo amante dos primeiros dias.

Mas é que nunca se aproximou dela nos período em que a Bíblia manda que o homem se afaste da mulher — por imunda; nem jamais demorada promiscuidade deu-lhes margem e vagar a que se estudassem em silêncio, no enojo de bocejados lazeres, ao lado um do outro na mesma cama, quando o corpo, cansado de amar, deixa que só o pensamento trabalhe por sua conta própria, enquanto ele repousa. Nunca enfim tiveram ocasião de enfastiar-se juntos, consorcialmente, porque o tempo de que dispunham nas suas desejadas entrevistas era pouco para os interesses de seu amor e para o muito que cada um, de parte a parte, tinha para dizer ao companheiro, com respeito à felicidade de ambos.

Eram felizes. Contudo, mais de uma vez, tentou Leandro imbecilmente revoltar-se contra mim, queixando-se com amargura da suposta falsa posição que eu lhe impusera ao lado da esposa. Chamei-o à razão e ao bom desempenho de sua palavra de honra, sem lhe dar todavia segura explicação do meu modo de proceder, porque me não convinha ainda que ele alcançasse por inteiro o secreto espírito das minhas intenções. Palmira também, a princípio, não parecia muito disposta a conformar-se com o meu regime estabelecido, mas tal carinho pus no que lhe disse, e tal eloquência emprestou a meu amor de mãe as minhas palavras, que se ela em verdade não se deu por convencida, pelo menos entregou-me os pulsos resignada.

Não me desgostava ouvir-lhe as queixas; sinal era de que amava fisicamente o marido, virtude esta que se vai fazendo rara em nossos dias.

— Olha, minha filha, disse-lhe uma vez, enquanto costurávamos à mesma mesa — o que não poderás negar são as vantagens, que tens sobre as outras esposas, com esse sistema de vida conjugal que te arranjei... O casamento, longe de roubar-te aos prazeres que dantes desfrutavas na sociedade, veio trazer-te novos, sem falar no inestimável gozo de satisfação do amor instintivo que ainda não conhecias. Continuas a ter hoje, em minha companhia, os teus bailes, os teus passeios e os teus teatros, como no tempo de solteira; teu marido, sempre enamorado de ti, nunca falta aos pontos onde saiba que estejas. Entre os homens que te galanteiam é sempre ele o mais solícito em merecer-te as graças, em requestar-te, em perseguir-te como verdadeiro apaixonado.

Ora, quero que me digas quantas senhoras casadas encontras tu por aí nestas condições a respeito dos competentes maridos?...

Nenhuma.

Pudessem eles e nunca em público compareceriam ao lugar onde elas se acha, ainda mesmo quando as amem.

E isso por quê? porque sabe cada qual de antemão que, ao recolher-se à casa, há de invariavelmente encontrar a mulher à sua espera, e que terá a sua companhia por toda a noite, e por todo o dia seguinte, e pelo outro depois, e por todos os que seguirem, e enfim por toda a vida! "Estamos unidos para sempre!" suspira o desgraçado. E vê, minha filha, repara quanto esta frase é terrivelmente assustadora! repara como é ela em tudo oposta a essa outra frase, que teu marido repete todas as vezes que tão amargamente se queixa de mim: "Nunca estou com minha mulher todo o tempo que desejo!" sem se lembrar, o ingrato! que nisso consiste justamente o segredo da felicidade de vocês dois! Vamos, confessa qual das duas esposas é a mais feliz — aquela, cujo marido se preocupa com a irremediável eternidade da sua união; ou tu, minha tolinha, cujo marido lamenta a cada instante que as horas passadas contigo nunca são tantas e tão largas quanto ele desejava?...

— Mas, observou Palmira — eu amo tanto meu marido!... Não me cansaria em estar ao lado dele...

— É o que te parece agora, como a todo o sujeito, atormentado pelo apetite, parece que se não cansaria de comer! Estivessem vocês sempre e sempre juntos, e haverias de dar razão às minhas palavras...

— Ora, mamãe, não há de ser tanto assim... murmurou ela.

— E, se não podes responder por ti, quanto mais por ele!...

— Oh! Ele me ama deveras! Disso tenho eu certeza!

— E eu também. E justamente para que essa bela chama não se extinga, dou-me ao cuidado de reformar-lhe o combustível.

Palmira soltou uma risada e não insistiu no assunto. Mas, à noite desse mesmo dia, a questão voltou com mais força. Meu genro, quando veio para jantar, trazendo como de costume, flores para a mulher e uma pequena lembrança literária para mim, (creio que dessa vez foi um livro de Olavo Bilac) percebeu logo, pela conversa travada entre nós duas, que ele essa noite iria para Botafogo, pois havia já três seguidas que ficava com Palmira.

Não protestou logo, apenas franziu o nariz. À sobremesa, porém, começou a lamentar-se sozinho em casa — e que, com franqueza, antes não tivesse casado — e que era preferível não amar a esposa como ele a amava — e não sei que muitas frases deste gênero.

Fingi não perceber a sua rabugice e, para mudar de conversa, falei-lhe de interesses comerciais, atirando-lhe perguntas sobre perguntas, a que tinha ele de responder a todas. Mas Leandro, que se conservava ao lado da mulher não descia da sua preocupação e, por meias palavras em segredo a gestos dissimulados, instigava Palmira a protestar contra o meu arbítrio. Palmira, a furto, olhava-me suplicante.

Findo o jantar fomos jogar o pôquer, e ele durante o jogo parecia cada vez mais contrariado. Ao chá mostrou-se ainda carinhoso com minha filha, não obstante ir visivelmente se agravando o seu mau humor à medida que se aproximava a hora da separação. E depois do chá deixou-se ficar conversando, sem se resolver a tomar o chapéu e a bengala.

Levantei-me e chamei o criado para dizer-lhe que se preparasse para apagar as luzes e fechar a casa, porque o senhor Leandro ia sair. Palmira então veio ter comigo com o ar embaraçado, as mãos um tanto frias; deu-me um beijo, e pediu-me, hesitante, comovida, e em segredo que eu consentisse ao marido passar com ela ainda aquela noite.

Durante isto, meu genro, sem abalar donde estava, sacudia com impaciência a perna que tinha dobrada sobre a outra. E olhava-me à esconsa.

— Não! não! respondi à minha filha.

— Mamãe!...

— Ele já cá ficou três noites seguidas... É preciso que se vá embora.

Palmira ia insistir a fazer-me novas carícias, mas o marido interrompeu-a secamente, erguendo-se.

— Não insistas! disse. Para quê?... Deixa lá tua mãe! Ela não quer! Acabou-se!

Não dei palavra. E ele acrescentou, sem se poder conter: — Ora! afinal isto é humilhante e ridículo para mim! Não sei agora que me parece ser preciso andar eu solicitando, como um grande favor, uma coisa que no fim de contas é do meu direito!

Era a primeira vez que meu genro me falava com semelhante aspereza. Até aí sempre me guardara respeito, fugindo até a discutir comigo. Produziram-me pois má impressão o tom e a forma do seu protesto; mas, no íntimo dos meus interesses maternais, ria de gozo por ver aquele desespero com que o pobre rapaz disputava mais uma noite ao lado da esposa, e a comoção e ardor com que esta o acompanhava nesse empenho.

Definitivamente o suspirado milagre do amor matrimonial tinha-o eu realizado em benefício de minha filha!

Mas Leandro prosseguiu entredentes:

— Afinal, por menos que se pareçam as sogras, hão de ser sempre sogras!

— Que quer meu genro dizer com isso?... perguntei; agora ressentida, a despeito de tudo.

Aquela terrível palavra "Sogra", tão mal reputada e tão corrompida pelo mau gosto dos zombeteiros da imprensa, lançada assim à queima-roupa, produziu-me o efeito do mais feio insulto.

Ele respostou:

— Ora, que quero dizer!... Quero dizer que a senhora minha sogra abusa do pacto feito entre nós quando me casei! E abusa da sua posição de minha benfeitora, contrariando-me e torturando-me só pelo gostinho de ser sogra!

Palmira interveio a favor dele, mas em tom modesto.

— Leandro tem razão, mamãe! Que mal faz que ele fique hoje comigo? Ele é meu marido!...

— E a senhora que gosta tanto de citar a Bíblia, reforçou meu genro, devia saber que ela manda à mulher deixar pai e mãe para seguir o marido.

— É, mamãe! A Bíblia manda!... confirmou minha filha com uma carinha brejeira. Lembre-se de que Deus Nosso Senhor disse a Eva para obedecer a Adão e acompanhá-lo por todo lugar onde ele fosse!

— Mas, observei-lhe, Eva não tinha mãe, a seu lado, que, se a tivesse, não daria ouvidos à serpente...

— Oh! exclamou Leandro agastado. Dir-se-ia que a senhora me chamou "Serpente!" Serpente! Tem graça!... Eu é que sou a serpente!... Pois minha senhora, se aqui temos pomo de discórdia, não sou eu com certeza que o promovo. E, quanto ao fato de Eva não ter mãe, digo-lhe então, francamente, que Adão, esse é que era deveras um felizardo, porque não tinha sogra! Ouviu, minha senhora? — Não tinha sogra!

E depois de passear agitado pela sala, respingou ainda, enquanto eu, assentada junto à mesa, percorria as páginas de uma ilustração:

— Serpente! Ora esta! — Serpente!

— Eu lhe não chamei serpente, homem de Deus! disse afinal, fitando-o através das minhas lunetas. O senhor não tem razão! Creio que até agora ainda não exorbitei dos meus direitos ajustados antes do casamento! O senhor é que se está excedendo, meu genro!

E tornei ao meu jornal.

E serenou um pouco e prosseguiu depois, sem deixar de espacear pela sala:

— Mas enfim, queria que me dissessem que mal viria ao mundo, se eu ficasse hoje ao lado da Palmira!...

E parou defronte de mim, para me falar em voz mais baixa:

— Quer que lhe diga então uma coisa, Sra. D. Olímpia? A senhora, com essas suas exigências, faz-me ter ideias que me repugnam! Eu amo muito minha mulher; sou homem, sinto-me comovido ao lado dela; desejo-a; (E creio que com isso não cometo um crime!) mas, depois de jantarmos juntos e juntos passarmos algumas horas, tenho de retirar-me e meter-me sozinho em casa! Ora diga-me: parece-lhe que seria muito censurável, se eu, ao sair daqui, fosse procurar onde não tenho direito as consolações de que a senhora me priva ao lado da única mulher que legitimamente mas pode dar?...

— Leandro! Leandro, não digas isso! exclamou minha filha, correndo a lançar-se nos braços do marido. Ouça, mamãe! ouça o que ele está dizendo!...

— Não te podes queixar de mim, filhinha! respondeu meu genro, triunfante com o seu estratagema. Queixa-te de tua própria mãe!

— Não! protestou ela, passando-lhe os braços em volta do pescoço e beijando-o Não quero que digas isso, mesmo sabendo que serias incapaz de semelhante deslealdade!

E correndo de novo para mim, já com as lágrimas a quebrarem-lhe a voz:

— Vamos, mamãe, diga-lhe por amor de Deus que fique! Bem vê que estas coisas me põem nervosa! — E batendo com o pé: — Eu não consinto que Leandro vá hoje daqui sozinho! Se mamãe não o deixa ficar, sou eu que me vou com ele! Sozinho já o não deixo hoje!

— Pois fiquem juntos! fiquem! respondi finalmente, erguendo-me, disposta a retirar-me para o quarto. Vocês no fim de contas não passam de duas crianças, e fazem-me a mim também criança!

Palmira pôs-se a saltar, batendo palmas; e, assim aos saltos, veio até a mim, apanhou-me o rosto com ambas as mãos e cobriu-me de beijos estalados.

Leandro, cuja fisionomia fora a pouco e pouco se abrindo e alegrando, chegou-se também para despedir-se de mim.

Notei, no seu olhar, que ele me agradecia sinceramente aquela concessão.

— Vá! Vá! disse-lhe eu, batendo-lhe uma amigável palmada no ombro. Mas fica para outra vez prevenido desde já de que, quanto mais longe forem as suas ameaças, tanto pior para o senhor... Deus lhe dê muito boa noite!

Apertei-lhe a mão, beijei inda uma vez Palmira e retirei-me para o meu quarto.

Bem ouvi ainda resmungar meu genro com a mulher. Queixava-se de mim, naturalmente. Compreendi que nesse momento estava sendo amaldiçoada por ele, mas sentia-me radiante, porque tinha ampla convicção de que minha filha, apesar de casada havia já quase dois anos, ia ser feliz, muito feliz, nos braços do esposo.

Recolhida, depois da minha habitual oração, em que pedia a Deus continuasse a dar-nos, a ela a felicidade e a mim forças para poder zelar por esta, deitei-me e adormeci, com a alma nadando em júbilo.

Tinha eu conseguido boa parte do meu ideal. À custa daqueles dúbios enfados e arrufos passageiros, a grande ilusão do amor instinto, a deliciosa quimera da felicidade sensual, mantinha-se equilibrada, sem cair por terra como desalada mentira, nem perder-se no vago como desvairado sonho.

* * *

Mas, dentro em pouco, uma grande ocorrência vinha alterar nossa vida, tão custosamente bem feita, e revolucionar-nos a casa, abrindo entre minha filha e meu genro uma cena cruel, cena de lágrimas e soluços, agora verdadeiros, de verdadeira dor.

19

Manifestaram-se em Palmira os sintomas de gravidez. Isto, que em outra família seria motivos de regozijo, lá conosco foi razão de sérias lutas por mim travadas contra meu genro e minha filha.

Declarei logo que ela, desde esse dia, deixava de coabitar com o marido, e que este seguiria no primeiro paquete a sair para a Europa, ou partiríamos nós duas. Se ele fosse, todas as despesas da sua viagem correriam por minha conta, mas Leandro só tornaria a ver a mulher, quando esta pudesse apresentar-lhe nos braços o filhinho, já dignamente livre dos cueiros e das cuecas, todo enfeitado, coberto de rendas e fitas e cheirando como um botão de rosa.

Uma bomba de dinamite não causaria maior explosão do que este meu decreto. Foi fulminante: minha filha quase perde os sentidos ao recebê-lo; meu genro, que acabava de almoçar conosco, enterrou o chapéu na cabeça e desgalgou de casa como um raio, exclamando que fugia — para não fazer ali mesmo uma loucura.

Eu, porém, estava resolvida a não ceder um passo. E não cedi.

Em vão minha filha recorreu a todos os modos da súplica; em vão chorou e jurou que morreria se tivesse o filho longe de Leandro; em vão ameaçou-me de que seria capaz de um infanticídio para não sofrer aquela minha exigência — assim tão dura, tão desumana e tão ridícula.

— Nunca pensei, mamãe, disse-me ela, que a senhora levasse tão longa a sua mania de separar-me de meu marido! Nem parece que vosmecê é mãe e já esteve grávida, porque então devia saber que uma mulher, quando está neste estado e tem de dar à luz, o primeiro filho principalmente, quem mais deseja perto de si é o esposo!...

— É justamente porque já estive grávida; é porque te dei à luz; é porque sou mãe; e é porque também fiz grande questão em que teu pai acompanhasse todo o período da minha gravidez, e assistisse, do começo ao fim, o parto donde nasceste — que agora não consinto, por forma nenhuma, suceda contigo a mesma coisa! Sei o que faço, minha filha! E, desde já, previne teu marido de que, se se opuser às minhas determinações, não conte ele comigo para mais nada, a não ser perseguição e vingança!

Desta vez não fui pedir à Bíblia o outro versículo do Levítico, em que o Senhor, muito expressamente, dá a Moisés e Aarão, para que a transmitam aos filho de Israel, a lei especial do afastamento durante o nojo da parturição e da prenhez. Já me não animava a citar a Bíblia; tal firmeza mostrei porém na minha vontade, que meu genro compreendeu a inutilidade de abrir luta, a não ser com um rompimento completo e brusco.

O pobre rapaz ficou aflito, bem o vi, e na realidade causava-me pena. Parecia ter perdido a cabeça; não se animava a romper comigo por uma vez, nem se queria resignar tampouco à minha inflexível ditadura de sogra; não que o preocupasse a sua declaração escrita, creio eu, mas porque um rompimento comigo seria a sua desgraça comercial, ou pelo menos violento golpe dardejado na sua nova carreira até aí tão próspera.

Reconheci que desta vez o sacrifício imposto ao coração de ambos era, com efeito, muito mais sério que das outras, e por isso procurei suavizá-lo não me agastando com as impertinências dele, nem com os ressentimentos de minha filha. A tudo resisti serenamente, e, com boas palavras e maneiras calmas, fiz ver a meu genro que ao lado de sua mulher — ficava eu; e ao lado da enferma — ficava um bom médico, que era o Dr. César.

Ele pois que embarcasse tranquilo e confiante; a competência profissional do meu velho amigo e os meus desvelos de mãe não deixariam sentir a nossa Palmira a falta dos seus cuidados.

Leandro começou daí por diante a evitar a minha presença; a falar-me secamente e o menos que podia; começou a não me tratar senão por "Minha sogra", dando a esta palavra uma expressão tão agressiva e tão dura, que por fim já me doía e magoava bem cruelmente.

Urgia contudo não perder tempo. Era preciso que meu genro partisse quanto antes, e, uma vez que ele me não queria falar, fui ter humilhada ao seu encontro. Animei-o, como a um filho malcriado e caprichoso, e, apesar da ofensiva secura com que me ouviu, achei meios de dizer-lhe que não visse no meu ato uma ridícula pirraça de velha rabugenta, dominada pelo espírito de contradição; fiz-lhe sentir que, se ele dentro de poucos dias não despregasse do Rio de Janeiro, nos obrigava, a mim e a minha filha, duas senhoras — uma idosa e a outra pejada, a aventurarmo-nos numa viagem, onde Palmira não encontraria decerto o conforto e os socorros que o seu estado reclamava. Além disso, da Europa ele apenas mal conhecia Londres, através de um colégio. Precisava agora vê-la e estudá-la como homem. Que melhor ocasião para fazer esse passeio?... Iria descansar um pouco, espairecer, instruir-se, ganhar novas ideias e novos pontos de vista, cujos bons frutos seriam aproveitados em favor da sua profissão comercial e em favor da educação de seu filho.

— Sim, replicou Leandro, desejo ir à Europa, e muito, mas em companhia de minha mulher!

— Irá depois com ela... correspondi — e eu mesma os acompanharei, e mais o nosso herdeirozinho... É até muito mais conveniente que o senhor primeiro realiza sozinho essa viagem, para poder ensinar depois sua mulher a ver e apreciar aquilo que o senhor já tenha visto. É mais correto! Num casal bem constituído, o chefe deve sempre levar vantagens sobre a esposa, tanto no seu grau de cultura intelectual, como no seu conhecimento prático da vida e do mundo...

— Mas abandonar minha mulher quando a vejo naquele estado?!

— O senhor não a abandona, meu genro; o senhor a deixa entregue aos meus desvelos e ao meu amor de mãe. Quanto ao estado dela — não queira também exagerar as coisas! a gravidez e o parto, em boa normalidade de circunstâncias, são funções naturais e quase tão simples como o próprio amor que os produziu.

— Mas é o primeiro parto!

— O que lhe não impedirá de ser muito benigno, porque o filho foi concebido nas melhores condições que é possível desejar. Fique certo, meu genro, que em geral — os filhos gerados com todo o amor e com todo o desejo, nem só são os únicos perfeitos, como ainda são os que nascem com a maior e mais lisonjeira facilidade. É preciso desconfiar sempre da harmonia e boa ventura doméstica de um casal, cujos filhos encontrem dificuldade em entrar na vida, a não ser que haja vício orgânico por parte da mulher ou vício de sangue por parte do homem. Entre os dois instintos garantidores da vida — o amor e a fome, existem as mais estreitas analogias: Da mesma forma que — comer sem apetite produz má digestão, conceber sem amor — produz má gravidez e mau parto; quando não produz o aborto, que é a legítima indigestão do amor. Meu neto há de ter um nascimento feliz, sou eu quem lho assegura! E imagine agora o prazer que lhe está reservado para a sua volta, meu amigo! Prefigure-se tornando à casa depois de alguns meses de ausência e vindo encontrar o seu filhinho nos braços da nossa Palmira! Hein? não lhe parece que o prazer da volta compensa um pouco os sacrifícios da ausência?

— Ausência de quase um ano!...

— Qual! Ela está grávida de três meses, creio. Ponhamos um para a viagem — quatro! Ao senhor basta demorar-se lá seis ou sete, quando muito... Ora, seis meses passam depressa, principalmente em passeio pelo Europa, vendo coisas bonitas!...

— Bonitas! Bonito será se, daqui em diante, mal perceba que minha mulher está grávida, tenha de entrouxar as malas a toda a pressa e fugir para a Europa!

— Ora deixe lá o futuro, que a Deus pertence, meu filho, e cuidemos do presente, que é a nossa obrigação. E já não fazemos pouco!

* * *

Quando nos separamos essa noite, depois do chá, meu genro estava resignado a fazer a viagem. Faltava-me, porém, a outra, que me parecia mais difícil de ceder, sem ficar prostrada pelo sacrifício.

E, com efeito, maior resistência encontrei em Palmira do que em Leandro. Mas com prazer descobri logo que semelhante reação não vinha tanto dos seus terrores do parto, como dos seus mal disfarçados ciúmes pelo marido, que se ia ausentar assim por tanto tempo.

Desde que percebi isto, tinha por ganha a vitória.

Fiz ver-lhe logo que aquela ausência de Leandro, longe de ser desfavorável à esposa, era uma nova garantia para o amor e para a felicidade de ambos. Deixando-o ir agora, surpreendido assim violentamente no auge do seu enlevo amoroso, ela podia ficar segura de que o marido iria resguardado pela saudade e nada cometeria que pudesse ser lesivo ao ente estremecido que ele deixava tão distante. Leandro honraria o seu voto sagrado e guardaria fidelidade, justamente por se achar então a contragosto separado da sua "pobre e querida mulherzinha".

— Ficando aqui, disse-lhe eu, vendo-te ele todos os dias, sem aliás poder aproximar-se de ti para o matrimônio, haveria de trair-te, fatalmente, durante os resguardos da prenhez e do parto, porque a consciência lhe descobriria absolvição para tal delito nas supostas necessidades do seu organismo de homem e na tua acidental inutilidade de mulher. Ser-te-ia infiel, convencido de que com isso não cometeria baixeza, nem maldade, porque havia de resgatar a sua culpa junto à tua cama de doente, à força de constante dedicação, à força de desvelos de enfermeiro e pequeninos cuidados de bom amigo. Ao passo que, por mim arrancado barbaramente dos teus braços e repelido para longe, hão de a ausência e a saudade envolver-te, à proporção que os dias se passarem, num prestigioso véu de poesia e desgraça; há de dar-te irresistível e fascinante auréola de vítima resignada, a quem seria baixa perfídia enganar traiçoeiramente.

A tua ausência será pois a garantia do seu amor e da sua fidelidade. Ele terá medo de pecar, porque já saberá de antemão que a sua consciência lhe não perdoará semelhante injustiça. Aquilo mesmo que aqui, ao teu lado, seria por ele admitido como fatal consequência do resguardo da crise puerperal, lá atingirá no seu foro íntimo às negras proporções de torpe covardia. Lá, sem elementos de resgate do crime, para fazer calar a consciência, sem poder de resto prestar socorros à tua gravidez, nem poder consolar-te do teu estado, ele não terá ânimo de faltar à fé conjugal, porque todo o seu coração será pouco para se lembrar de ti! Todo ele, minha filha, será pouco para ter um só ideal — tornar a ver-te, e beijar o filho! Todo o seu corpo só terá um desejo, uma preocupação constante, uma necessidade expansiva: — o de cair-te nos braços, soluçando palavras de amor, e matar com os teus beijos a grande saudade que o devorava longe da tua ternura e longe do teu corpo!

E, vamos lá... acrescentei, tomando as mãos de minha filha, que me escutava imobilizada, com o olhar ferrado num só ponto. Falemos com franqueza: achas tu que as coisas correriam deste modo, continuando ele aqui ao teu lado? Sabes tu, porventura como permanecerás gravada no seu espírito durante a ausência necessária à tua parturição?... ficarás gravada como ele te veja pela última vez, no momento do beijo da despedida; aparecer-lhe-ás no espírito como te tenho agora defronte dos meus olhos — com o corpo ainda não deformado como estará daqui a poucos meses. Por enquanto, Palmira, a gravidez te não prejudicou a beleza, ao contrário: vai bem ao teu rosto essa cor misteriosa e pálida e essa tristeza de sorrir; não te fica mal ainda essa languidez no andar, como essa vaga expressão que tens nos olhos e nos gestos. Mas, quando o teu feto atingir ao seu último período de gestação, sabes tu, minha filha, como estarás diferente e como serás outra? — abatida, desbotada, sem cintura, com os pés inchados, a cara intumescida, as pernas trôpegas, o ventre enorme, e o estômago em revolta, o que seguro te produzirá engulhos e mau hálito!...

Palmira interrompeu o seu silêncio, sem interromper o seu olhar, para responder com um suspiro profundo:

— Ora! meu marido me amará de qualquer modo!... Não faço questão de ser bonita para ele!...

— Então para quem fazes tu questão de ser bonita, se não é para teu marido? A mim é que agradarás do mesmo modo em qualquer estado, porque sou tua mãe; mas a ele, e só a ele, te convém seduzir como mulher. E acredita, minha Palmira, que nesse erro consiste boa parte das comuns infelicidades domésticas! Em geral, por aí, a esposa só se enfeita e faz bonita, para sair à rua, quando dentro de sua casa, é que ela precisa ser sedutora, porque é dentro de sua casa que ela tem um homem a quem agradar por toda a vida!

— Sim, mas a gravidez também não dura eternamente. Eu voltaria a ser o que era dantes...

— Não! Para teu marido nunca mais, depois do parto, volverias a ser o que dantes foras! Dantes foste o que agora continuas ainda a ser no espírito de Leandro — a encantadora e mimosa criatura que se fez mulher nos braços dele; e depois do parto serias e continuarias a ser para sempre — a mulher que nos seus braços se fez mãe! Todos os teus encantos femininos, todas as graças da tua mocidade em flor, desapareceriam, para só ficar o ventre sagrado, que se abriu defronte de seus olhos e lhe despejou um filho nos braços! Bem vês que não é a mesma coisa!

— Não deve ser tanto assim! Mamãe exagera com certeza!

— Exagero?! Sabes lá que impressão deixa um parto ao homem que o assiste?... Impressão que escandaliza os olhos, os ouvidos e o olfato! Sangrento drama, que comove e repugna! que faz dó e faz náuseas! Nele a mulher perde inconscientemente a noção do seu mais cativante e natural instinto, a sua única superioridade sobre o homem, o seu único meio de dominá-lo e prendê-lo — o pudor!

No parto, em presença do esposo amado, o pudor, como todas as outras seduções da mulher, desfazem-se-lhe na lama infecta e generosa do seu sangue de mãe, para só prevalecer o filho que, de um salto, imediatamente, se apodera do principal lugar até aí ocupado por ela no coração do marido. E este, embriagado com a felicidade daquele novo amor, começa desde então a viver só em reviver no entezinho recém-nascido e melindroso, que é agora todo o encantamento do seu lar; enquanto a mulher, ainda mesmo que recupere as graças primitivas, fica, nos intervalos de resfriado matrimônio, encostada a um canto, esquecida como uma máquina em descanso.

Palmira soltou um suspiro mais longo que o outro, e continuou a fixar o mesmo ponto, com os olhos imóveis.

Eu prossegui:

— E depois!... logo depois do parto?... Enquanto o filho, nos seus primeiros dias de vida, com o seu primeiro choro, vai roubando à mãe todos os carinhos sensuais do marido dela, o que é a mulher?... É uma pouca de carne dolorida e mole que ali está sobre a cama! E é preciso defumar o quarto, mudar constantemente as roupas sujas! Ela, coitada! num resguardo absoluto, sem se poder lavar completamente, nem pentear-se, nem desinfetar os cabelos e o corpo, só vive para a sua recente maternidade e para o gozo animal do seu estado de alívio, depois que despejou a carga que a oprimia por tantos meses e que lhe fazia sofrer dores físicas e sobressaltos morais. Dos beijos de compaixão e de reconhecimento que o esposo lhe dá durante esse período do cheiro de alfazema, nasce entre os dois uma doce amizade, uma respeitosa estima de bons companheiros, um sentimento muito bonito, muito sério, muito duradouro, mas que é o inimigo mortal do amor genésico.

A sexualidade que entre eles vier depois, já nada tem que ver com o poderoso instinto, que os arrastou abraçados ao leito conjugal, e será mero produto do hábito, uma preguiçosa permuta de carícias frouxas, obra quase inconsciente da matéria, sem o menor concurso do espírito ou da imaginação, donde faz entretanto o amor fecundo a sua gloriosa força.

Não! não! não, minha filha! teu esposo não te verá de ventre crescido, não te sentirá mau hálito, não ouvirá teus gemidos e gritos de parturiente, nem assistirá a sair-te das entranhas, entre as viscosas esponjosidades da placenta e a nauseante fedentina dos humores puerperais, um ensanguentado feto, uma posta vermelha de lodo vivo! Teu esposo, não te verá amolentada, entre mornos travesseiros, impregnada de cheiro de alfazema, parida! Não! não há de ver! Não quero!

Ela soltou um novo suspiro e mudou de mira, sem alterar a fixidez dos olhos.

— Não! arrematei. Hás de conservar-te integralmente sedutora na imaginação de teu marido! Quero que ele te deixe fresca e bonita, como ainda estás agora, e te venha encontrar depois, ainda mais interessante do que te deixou, com uma linda e cheirosa criancinha ao colo. O teu parto não há de inutilizar aos seus olhos a mulher que ele em ti ama. Não quero que ele se converta no teu amigo extremoso; quero enfim que Leandro se não desiluda contigo, como homem, para que ele não precise nunca substituir-te secretamente por outra mulher!

E, depois de uma pausa, terminei carinhosamente com estas palavras:
— Ora aí tens tu, minha filha, a razão do meu procedimento. Agora a ti compete apreciá-lo bem ou mal...

Palmira levantou-se, beijou-me, e caiu soluçando nos meus braços.
— Minha boa mãe!... disse ela.

A pobre criança tinha compreendido tudo, e a sua singela frase pagou-me nesse instante de todos os desgostos que sofri e de todos os desvelos que por seu amor mantive até aí com tanta luta.

— De hoje em diante, segredei-lhe eu, enxugando-lhe as lágrimas, dormirás comigo no meu quarto, meu amor, ao lado de mim, na mesma cama, até à volta de teu marido. Está dito?

— Sim, sim, mamãe!

20

E assim foi. Durante os poucos dias que precederam a viagem de meu genro, minha filha dormiu todas as noites comigo.
Imagine-se o que dele não tive de sofrer por semelhante fato. Quando soube da minha resolução, desesperou-se; dessa vez chegou a chamar-me "jararaca!" Mas Palmira estava bem convencida das minhas razões e tanto me bastava, porque era todo o meu empenho não lhe irritar os nervos, contrariando-a. Quanto ao marido — que esbravejasse à vontade, contanto que se pusesse ao largo.
Também era só o que faltava — que fosse eu agora impressionar-me com o infantil egoísmo de meu genro! Procurava, é exato, esconder aos olhos de Palmira a minha superioridade sobre ele, fingindo até respeitá-lo e temê-lo, mas só pelo receio de que a compreensão justa da verdade viesse a prejudicar o juízo que minha filha mantinha com respeito ao valor moral de seu marido. Em uma palavra — receava que ele se amesquinhasse aos olhos dela.
Convém notar que Leandro, depois que aceitara, resmungando, a minha ditadura de sogra intransigente, começou a ter impertinências e rebugices de uma verdadeira criança. Ia ao ponto de fazer manha, para que a mulher o consolasse com carinhos e se fizesse zangada, de mentira, contra mim, fingindo-se revoltada e afetando indignação nas suas palavras, como a ama que, para engodar o bebê, diz injúrias à cadeira em que ele por acaso deu uma pancada com o corpo.
Nestas coisas de dentro de casa, no segredo do cofre doméstico, o marido quase sempre é muito mais pueril e piegas que a mulher. Esta só aparenta infantilidade na rua ou na exibição social, para se fazer inocente e cândida, porque assim dela exige o público; e aquele, para o efeito contrário, é aí que sustenta, ou simplesmente afeta, a rija linha do seu sexo forte. Da porta da rua para fora, ela é criança e ele é gente grande; mas, da porta da rua para dentro, é o homem quem dá a nota infantil, ao passo que a mulher em geral é quem garante a tranquila seriedade do lar, com a sua moral e o seu bom senso prático, com a sua perspicácia e com a sua constância, resignação e força de paciência.
Receosa de que semelhantes pieguices em meu genro viessem a deprimir sobremaneira a ilusão do amor que minha filha consagrava, tratei em tempo de providenciar neste sentido, mas dei logo pouco depois pelo meu erro, percebendo que as mesmas pequenas separações por mim impostas aos dois, como preservativo contra o tédio, longe de extinguirem as infan-

tilidades de Leandro, ainda mais lhes davam vida. E acabei por convencer-me de que o fato era natural e próprio do caráter mesmo do amor, e que por conseguinte nunca poderia ser ele desagradável à mulher amada.

Parece, à primeira vista, que o homem, quando se faz piegas e submisso ao lado de uma mulher, deve tornar-se ridículo aos olhos dela e pois incompatível com o seu amor; assim não acontece, porém, desde que tal pieguice e tal humilhação sejam praticadas só e exclusivamente com essa mulher e rigorosamente escondidas a todos os mais. E se esse homem, assim pueril e mimalho para com essa mulher amada, for opostamente para os outros, como muita vez sucede, um caráter enérgico e um espírito respeitável, então a coisa é completa no interesse do amor de ambos.

Está bem claro que tudo isso só se pode bem verificar quando o casal goza a felicidade de ter parentes mais velhos que o dominem, e contra os quais possa o esposo e a esposa queixarem-se entre si. Esta é uma das vantagens de ter sogra; enquanto o genro briga com a sobra não briga com a mulher; antes pelo contrário mais se chega para esta; e os frescos e surdos laços da conspiração que os reúne e religa, conseguem em muitos e muitos casos o que os afrouxados laços do instinto sexual já não podiam obter entre eles.

**

Bem diferente, pois, é no homem o seu modo de amar comparado com o modo de amar da mulher, como bem diferente são as manifestações do amor de cada um.

O homem tem o jogo franco no amor; a mulher tem o jogo encoberto. O homem, desde que ame deveras, não pode guardar segredos para a mulher amada; tem, por uma lei congênita à sua própria ternura, de abrir defronte dela o seu coração, de par em par, como uma carteira, que ele todavia para outros trouxesse avaramente oculta e bem fechada; tem de expor-lhe a alma toda nua, e nu todo o seu mais recôndito pensamento. Não lhe esconderá nada do que se passa dentro dele, cavando e desencerrando até às mais íntimas e fundas circunstâncias, ainda mesmo aquelas que possam ser deprimentes do seu caráter, nocivas ao seu amor, e até mesmo desagradáveis e humilhantes para a mulher que as ouve.

O homem, que ama sinceramente, começa logo por contar à sua amada todas as particularidades de sua vida, chegando sempre a ser ridículo pela insistência em despejar aos pés dela todo o seco e frio bagaço do seu passado. Não se esquece do menor episódio; diz-lhe tudo, tudo, tudo! E a mulher suporta isto a sorrir, e recolhe o inútil despejo com sua condescendência de que o homem não seria capaz para com ela.

Ao passo que a mulher, por maior amor que consagre a um homem, nunca lhe mostra a alma por inteiro, nunca lhe franqueia totalmente o coração e nunca lhe confia de todo, nas suas confidências mais íntimas, o resíduo do seu passado. A mulher é amiga apaixonada do mistério, apesar de ser a eterna inimiga do segredo.

A mulher ama sempre de emboscada, armando laços e esparrelas; quer apanhar de surpresa o homem amado, sem que ele dê pela armadilha e possa a tempo defender-se. E daí o ela conhecer sempre tão profundamente o homem que ama e com quem vive; fato de grande desvantagem para ele, porque não há homem, por superior, capaz de resistir sem ridículo a semelhante análise; o que ainda constituí, a meu ver, mais um escolho para a convivência matrimonial.

Entretanto, o homem nunca chega a conhecer de todo a mulher que lhe pertence, por mais que ela o ame. Assim sucede que muita vez, na intimidade de um casal já de muitos anos constituído, lá uma bela ocasião o esposo fica admirado de ouvir falar à mulher de um fato, já velho na vida dela, e no entanto perfeitamente desconhecido para ele.

— Como, diz o homem, pois isso aconteceu?... Não sabia! ignorava-o até agora! Tu nunca mo disseste!...

— E por que havia de ter dito?... argumenta a mulher. Nunca tive ocasião de falar-te em semelhante coisa... Nunca me perguntaste nada a esse respeito...

E aqui está justamente a grande diferença no modo de amar dos dois sexos. O homem diz — espontaneamente, e a mulher confessa — interrogada.

Algumas há, casadas, que põem melindroso empenho em nunca mentir ao marido, e, sem jamais mentir com efeito, escondem-lhe tudo o que lhes convém ocultar, e às vezes coisas que são a desonra dele. Mas não mentiram.

O homem em conclusão, dada mesmo a melhor hipótese da sua altivez e energia de caráter, pode ser banal e piegas no seu amor. E meu genro era assim, com a circunstância, porém, de que a sua puerilidade era toda cariciadora e amorosa para minha filha e era para mim só feita de impertinências e rabugens de criança malcriada. Como, não obstante, eu sabia pesar e dar o verdadeiro valor a tudo isso, não o responsabilizava por tais misérias, e íamos vivendo. De resto, como eu só o amava pelo efeito reflexivo do muito que eu queria a Palmira, achava-o ridículo, sem contudo sentir por ele ódio, nem desprezo, como nos sucede comumente acharmos ridículas, nos outros, muitas coisas que são naturais e que observamos em nós mesmos e em nós mesmos lhes reconhecemos a utilidade.

Todavia, a sua partida comoveu-me bastante. Fomos levá-lo a bordo. O Dr. César não pôde ir conosco, porque tinha em casa a irmã muito mal com uma pneumonia aguda.

Era em abril, num belo dia de sol. Palmira estava encantadora; fiz-lhe pôr, intencionalmente, um vestido preto enfeitado de rendas valencianas, porque assim convinha à sua palidez, que se agravara naquela última quinzena; o chapéu, muito simples e também preto, guardava-lhe apenas uma parte da cabeça, envolvido, com o rosto, num vaporoso véu cor de rosa, que à luz da manhã fazia realçar o tom magoado da sua formosura.

Na lancha, assentada ao lado do marido, com o busto destacando nitidamente do fundo brilhante e verde do mar, parecia-me mais bonita do que nunca. Durante a ida, Leandro conservou por toda a viagem uma das mãos dela entre as suas, lançando sobre mim, de vez em quando, olhares de feroz ressentimento. Eu fingia não perceber o seu ódio, e era toda ouvidos para o que os dois conversavam em voz baixa, esquecidos um no outro, num alheio egoísmo de amantes sobressaltados.

Percebi que minha filha lhe murmurava dos ciúmes que ia sentir por ele durante a ausência e ouvi distintamente a resposta de meu genro:

— Se tu soubesse como levo este coração despedaçado, não me falarias nisso... Maldita a hora em que empenhei minha palavra!...

E, depois de desferir contra mim mais um olhar colérico, tirou o lenço da algibeira, para esconder o rosto, resmungando com azedume alguma coisa, no que senti ferir-me ainda a ponta de uma desconhecida injúria.

— Ora, coitado! pensei, julga-me mal e me não perdoa o mal que me julga... Mais tarde me fará justiça!...

E larguei tudo isso de mão, para só pensar no valor daquele vivo e palpitante ciúme de minha Palmira, tão amada e tão desejada pelo esposo...

Ah! esse espetáculo fazia lembrar-me de que eu, infeliz que fui! nunca tivera tido ciúmes de meu marido!

* * *

Há muita gente que diz do ciúme o que os franceses ainda não se lembraram de dizer contra os alemães, e eu mesma estou de acordo em que, na maior parte dos casos, ele nada mais seja do que uma grosseira manifestação do despeito e da vaidade. Mas, quando em vez de vir do orgulho ou do amor-próprio, ele vem objetivamente do nosso terno e vivedouro entusiasmo por certo e determinado ente querido, é uma das mais legítimas expansões do amor. Todo o indivíduo que ama de qualquer modo, cerca de zelos vivos a pessoa amada.

Entre marido e mulher, como o casamento não é natural nem lógico, o ciúme complica-se e torna-se ridículo. Ao marido não assiste sequer o direito de mostrar ciúmes pela esposa, porque, das duas uma: — ou ele tem razão para revelá-los, ou não tem. Se tem razão não deve contentar-se com expô-los, deve por dignidade romper imediatamente os laços que a ela o prendem; e, se não tem razão, para que pois ofender e ferir em cheio na honra uma mulher inocente?

Sei, e posso afiançar, é que minha filha me fez inveja inda uma vez. Eu nunca senti, nem causei ciúmes em toda a minha existência; e isso faz muita falta na vida de uma mulher! A nossa felicidade não é como a do homem, compõe-se de um conjunto infinito de pequeninas alegrias e pequeninas mágoas. A vida de uma mulher feliz é complicadíssimo mosaico de lágrimas, beijos, suspiros e sorrisos; mas tudo isso ligeiro e passageiro, que não chegue nunca a prostrar pelo sofrimento, nem pelo gozo.

Eis o que me veio ao espírito, quando, já a bordo do paquete inglês que tinha de levar Leandro, vi saltarem dos olhos de Palmira as lágrimas que ela dava em sacrifício da conservação do seu amor conjugal.

Ah! tomara eu aquelas lágrimas, na minha mocidade! Quem me dera tê-las um dia chorado?...

Meu genro chorou também, e isso me comoveu, a despeito do modo frouxo por que ele, por mera formalidade, me abraçou em despedida. Antes assim, porém, do que ter abraços seus bem apertados e sinceros sabendo que os outros, dados à esposa, haviam de afrouxar em breve. Deplorável que és tu, meu pobre coração de mulher! nesse momento, em que meus olhos choravam tanto como os de Palmira, tive vontade de chamar para meu peito de mãe aquele criançola resmungão e aquietá-lo com carícias: No fim de contas, apesar de tudo, era ele, sem consciência disso, o meu associado na obra da felicidade de minha filha. E esta o amava tanto, que seria impossível deixar de amá-lo eu também. Contudo, Leandro me detestava, o ingrato!

E a dor forte daquela separação de minha filha e meu genro, lembrou-me outra separação também entre dois casados, quando meu marido se ausentou de mim por oito meses. Éramos ainda bem moços e também choramos no abraço da despedida, mas ai! as nossas lágrimas foram bem diferentes daquelas, e não rescendiam àquele triste e poético aroma de amor ainda cego!... foram lágrimas de dois bons amigos incompatibilizados pelo casamento! Meu marido antevia que a viagem, e depois o estádio num país estranho, seriam alegre e salutar variante na sua existência trabalhosa e monótona do Brasil; e eu por mim, confesso, não fazia o menor sacrifício com aquele apartamento de Virgílio. Já não nos amávamos sexualmente — eis a verdade!

Palmira, ah! essa ficou inconsolável... Voltamos tristes de bordo. Por longo tempo, da nossa lancha, agitamos os lenços no ar, em resposta a uma pequenina asa branca que palpitava, lá ao longe, no tombadilho do vapor.

Uma vez em terra, dentro do carro, mandei tocar com força para Laranjeiras, compreendendo que Palmira, no seu silêncio ameaçador, reprimia a explosão de soluços que ameaçavam sufocá-la.

E a tempestade desencadeou-se com efeito, mal me recolhi à casa com minha filha. Foi um longo transbordar de soluços, que lhe sacudiam nervosamente o corpo inteiro. Ela não quis almoçar, enfiou pelo quarto, arrojando o chapéu, as luvas, a sombrinha, e atirou-se em seguida à cama, com o rosto escondido nos braços e nos travesseiros, a chorar, a chorar, a chorar!

E eu vi tudo, sorrindo no íntimo ao contemplar satisfeita aquela cena transcendente. Deixei-a soluçar por longo tempo, assim estendida sobre a cama, bela naquele desespero de saudade Ah! — não se sustenta o amor sem o elemento dramático, e não há drama sem lágrimas!

Mas, pouco a pouco, o temporal foi serenando, descaindo em longos e espaçados suspiros de desabafo, e, quando à noite nos recolhemos ao mesmo aposento, Palmira tomou-se o rosto entre as mãos e, sem uma palavra, beijou-me as faces repetidas vezes, e pousou depois a sua cabeça no meu ombro, abraçando-me em silêncio.

Na oração que fizemos juntas antes de tomar o leito agradeci a Deus ter-me concedido a realização daquele milagre de amor conjugal, e pedi-lhe, do fundo da alma, que continuasse a proteger a poética felicidade daquelas duas pobres criaturas, que eu aninhava sob as asas da minha experiência de mulher e do meu amor de mãe.

21

No dia seguinte o assunto exclusivo da conversa de Palmira foi só o marido, mas nos subsequentes, sem se esquecer dele por um instante, pensou também um pouco no filhinho esperado; até que, daí a algumas semanas, a sua preocupação se dividia por ambos em partes iguais. E o seu ventre foi tranquilamente crescendo, e ela foi cada vez mais se fazendo mãe, no meio dos cuidados do enxoval, que a nós duas traziam ocupadas de manhã até à noite. O Dr. César, agora que supunha a irmã fora de perigo, aparecia-nos com mais frequência e ficava às vezes palestrando conosco durante o serão, entre o jantar e o chá. A progressiva marcha da gravidez de minha filha era fiscalizada por ele com especial solicitude.

Chegou a primeira carta de Leandro. Que alegrão para nós três! Não era uma carta de marido, era uma longa, sentida e despejada confidência de amante infeliz; comovia a força de expressão e de sinceridade, sem cair jamais no sentimentalismo patético; era simples, forte e natural, como o mesmo amor que a inspirava. Assim de longe sob o domínio absoluto de uma dor verdadeira, meu genro voltava-se homem, e nem uma só vez recorria às manhas e pieguices que tinha dantes ao lado da família. Referia-se ao filho secamente, quase com azedume, como se falasse de um importuno que viera intrometer-se na sua felicidade. E não dizia nunca "meu filho" ou "nosso filho", dizia "essa criança".

Isto perturbou-me um pouco. Teria eu, quem sabe? preparado com aquela separação uma desgraça terrível, prejudicando meu neto no seu direito de filho ao amor de seu pai?... Não seria indispensável, para a boa formação, que o pai acompanhasse de perto, lado a lado, todos os fenômenos patológicos que na mulher precedem o nascimento do filho, e os que ocorrem durante e depois da parturição?... Não teria eu talvez, para conservar o amor de Leandro por minha filha e impedir que se quebrasse entre estes o encanto do desejo, roubado ao meu pobre netinho a parte que de direito lhe tocava no coração de seu pai?... Não estaria eu maquinando contra a pobre criaturinha uma tremenda maldade, com fazer que ficasse todo inteiro o coração de meu genro em posse da esposa?... Não estaria eu cometendo um crime?...

Consultei nesse sentido o Dr. César.

— Não! respondeu-me ele, sem hesitar. Não, minha amiga! Afaste do juízo semelhante apreensão. O amor de pai não se pronuncia antes do nascimento do filho e só é formado e desenvolvido com a convivência entre os dois. O amor materno, sim; existe desde a vida uterina do feto, com ele cresce, avulta quando ele nasce, e vai aumentando sempre na proporção do crescimento do filho. E está nisto a razão por que o amor de mãe é sempre, até que o filho atinja à puberdade, maior e mais intenso que o amor paterno; é que ele, na sua carreira, sai com grande avanço. O outro, quando acorda, encontra-o já vigoroso e adiantado.

A natureza foi muito previdente na constituição destas coisas: o filho só poderia ser privado do amor de sua mãe, se alguém conseguisse de uma mulher fazê-la conceber e dar à luz sem que ela tivesse consciência disso, e ainda assim não conseguiria privá-lo dos desvelos e dos cuidados maternais: a doida concebe e tem filhos sem sentir por eles o menor vislumbre de amor, mas sem nunca aliás se descuidar, guiada só pelo seu instinto de fêmea, de prestar-lhe os socorros maternos. Faz tudo isso como qualquer bruto — pare, corta com os dentes o cordão umbilical, prepara o filho para a vida: assopra-lhe na boca, se for preciso dar-lhe aos pulmões o primeiro ar; bate-lhe nas palmas dos pés e das mãos; depois cria-o, e defende-o dos perigos materiais que o ameacem; mas não o ama. Aquele bocado de carne viva e palpitante é uma pouca da sua própria carne; e a carne, essa nunca enlouquece! Considere agora, minha amiga, que, pelo lado paterno, não há sequer esta circunstância material do desdobramento do corpo, do desdobramento da carne. Na mulher, aquele poderoso instinto animal, associado à razão e à consciência não menos poderosas, produz o que se chama o amor materno. E tudo isso se dá antes de chegar o amor paterno, que pode até nunca chegar, se não houver convivência entre o pai e o filho. Não é banal que todo o homem é muito mais filho da mulher do que do homem; o que me leva a sustentar que na sociedade ele devia apresentar-se com o nome da mãe e não do pai!

Fiquei perfeitamente tranquila com estas palavras e pus o coração a larga.

Na segunda carta, Leandro enviava o retrato à mulher, e uma poesia inspirada na saudade, acompanhando tudo um amor-perfeito colhido em certo jardim, na ocasião em que, diziam os versos, "no meio da alegria geral e do riso dos convivas — seu coração sangrava o martírio daquela terrível ausência, que o privava do estremecido objeto do seu amor..." Li e reli essa composição poética; não era um primor da arte, mas Palmira chorou de comoção ao lê-la. E comparei mentalmente aquela carta do marido de minha filha com as cartas que meu marido me escreveu na sua ausência dos oito meses. Que diferença! Que contraste!

E vamos lá! tinha eu ou não razão para estar orgulhosa com a minha obra? Qual é aí o marido que até à presente data já escreveu versos de amor à sua mulher, durante o desgracioso período da gravidez ou da parturição? Qual é ele? Versos ao filho consequente, sim, muitos o têm feito, esquecidos da pobre criatura enfeada pelo parto, que jaz molemente sobre uma cama de colchões mornos, entre mornos travesseiros, defumados de alfazema!

Na carta, onde havia uma página, toda inteira, dedicada ao Dr. César, que aliás da primeira remessa tinha já recebido uma particularmente a ele dirigida, só uma fria frase me cabia. Era esta: "Apresenta meus cordiais respeitos a tua mãe e pede-lhe, em nosso nome, que me escreva por ti, quando porventura já não possas fazer." A única frase, pois, que ele me concedia fora ainda assim determinada pelo amor de Palmira. Não me revòltei: Era o caso do doente que, desvairado pela dor, morde a mão do médico que o opera. Pois me mordesse! Que me mordesse quanto quisesse! Contanto que aquela mesma boca, que me mordia a mão, continuasse no futuro a beijar com duplicado ardor a boca de minha filha!

Não me agastei!, nem me senti menos feliz por isso.

* * *

A natureza é boa amiga! Como sabe ela dar a todas as estações da existência novos interesses de vida! novas dores e novos prazeres! Nunca pensei que fosse tão intensa a felicidade de ser avó!...

À proporção todavia que se aproximava o grande acontecimento, comecei a palpitar de impaciência e sobressalto. Desfazia-me em pequenos cuidados com a enferma; afigurava-se-me que era eu a única responsável pelo que viesse a suceder; sentia-me tão dentro daquela situação, que era como se eu fosse o pai e tivesse de ser a mãe daquele filho! Talvez não acreditem, mas juro que me impressionei ainda mais do que quando eu própria estive para dar à luz pela primeira vez!

E agora, inesperadas apreensões vinham perturbar a confiança que eu até aí depositava cegamente nas ótimas circunstâncias em que fora aquele filho concebido. Não descansava um instante, não me descuidava um momento da minha Palmira. De madrugada era eu a primeira a levantar-me e vencer-lhe a indolência, e obrigá-la a vestir-se e a sair comigo, para os passeios matutinos. Arrependia-me agora de lhe ter falado tão abertamente do parto, porque ia começando a descobrir nela também receios e sobressaltos. Mas animava-a com tanto carinho e habilidade, que a boa criança nunca se atreveu a fazer-me a mais leve queixa, mesmo indireta, contra a ausência do marido.

Minha gaveta da secretária estava cheia de livros de medicina, concernentes ao assunto que inteiro me possuía. Sempre que eu pilhava alguma folga, ou quando podia roubar algumas horas ao sono, devorava o Traité de l'art des accouchements de Gazeaux, e tomava notas para discutir depois com o Dr. César, que nesses últimos tempos não nos deixava de visitar todos os dias. Devia já parecer ridícula aos olhos do bom médico com as fumaças de doutora que eu agora me dava na conversa.

E a crise aproximava-se.
Eu já me não pertencia; não tinha a cabeça no lugar; comia sem apetite; passava noites de insônia. Estava tão abatida, ou mais, que minha própria filha, e juro que dentro do meu coração palpitava o feto que ela trazia no ventre.
Mas afinal chegou o dia supremo. A casa revolucionou-se. César estava conosco, felizmente. Não posso afiançar que sofresse eu as dores puerperais, mas sei que sofri muito e que não abandonei minha filha um só instante, até receber nos meus braços um belo menino, perfeito, forte, com o crânio coberto já de cabelo preto.
Oh! Vitória! Vitória completa!
Saltaram-me as lágrimas dos olhos. Tive vontade de misturar meus cansados soluços de avó com aquele angelical vagido, que meu netinho me trazia do mistério da antevida, alguma coisa de um balbuciar divino, que ainda não é voz humana e também já não é simples eco de puro cântico de anjos! Minha filha, quase morta de prostração, branca e fria, como se todo o sangue e toda a vida lhe tivessem escorrido pelo ventre aberto, gemia ainda, devagarinho, e seus gemidos cortavam a alma.
Entreguei a criança ao médico e a uma parteira que nos acompanhava, e dei-me toda aos cuidados da puérpera. Não me despeguei mais do seu lado, até que ela serenou de todo.
Ah! correu tudo muito bem: confirmou-se a minha convicção de que o bom parto depende das boas circunstâncias de amor em que o filho é concebido. Transbordava-me agora o coração de alegria. Quando vi minha filha fora de perigo e prestados a meu neto os primeiros cuidados, corri ao quarto do oratório, ajoelhei-me defronte da Virgem-Mãe, e aí, com a alma também parturiente e aliviada das ânsias e sobressaltos que a pejavam, agradeci aos céus, entre lágrimas consoladoras, a ventura que eles nos enviavam.
Mas tornei logo para junto da enferma. Tomei-lhe a cabeça no regaço, e foi assim que Palmira adormeceu, como nos outros tempos, quando eu era moça e ela pequenina.

22

*M*ês e meio depois do nascimento de meu lindo netinho, recebia Leandro na Europa uma carta que o chamava para junto da esposa.
Fomos buscá-lo a bordo e César foi conosco.

A mulher que restituí aos braços e aos lábios sequiosos de meu genro era de novo a formosa criatura que ele deixara oito meses antes; se não é que, com cumprir o seu mais alto destino de mulher, ganhara em graça e sedução, como certas plantas que só são verdadeiramente belas e viçosas depois de darem o seu primeiro fruto.

Ele também vinha mais forte e bem disposto. Notei, no seu primeiro olhar trocado comigo, depois que cobriu de beijos sôfregos as faces, as mãozinhas e os pezinhos de seu filho, que Leandro me não guardava rancor, e estive quase a acreditar que ele já tivesse afinal chegado a compreender-me. Mas percebi logo o meu engano: ainda era muito cedo para tanto. Um homem vulgar não compreende assim tão facilmente as complicadas delicadezas de um coração de mãe.

César, esse é que me compreendia bem e tomava parte direta nas minhas alegrias e nas minhas vitórias. Com que ar de satisfação acompanhou o meu bom amigo, essa tarde, a reentrada de meu genro em casa da mulher, e com que sinceridade de contentamento se tornaram a ver!

O nosso jantar foi uma festa. Houve brindes, dirigidos quase todos ao pequerrucho, que compareceu à mesa nos braços da ama, e que, valha a verdade, se portou muito incorretamente. Ainda não vi criança para berrar tão forte, nem para ensopar cueiros daquele modo!

À noite vieram visitas; tocou-se, cantou-se e dançou-se. Atentando para uma das amigas de Palmira, acompanhada à nossa casa pelo marido, a qual também, havia poucos meses antes, tivera o seu primeiro filho, não me pude eximir de comparar esse casal com o meu casal, e reconhecer quão diferente era nos dois pares o modo por que se mantinha e conduzia cada um de per si. No entanto, o casamento daqueles era sem dúvida muito mais recente que o de Leandro com minha filha.

Não me contive e disse ao ouvido desta:

— Olha! ali tens uma infeliz, cujo parto foi com certeza fiscalizado de perto pelo marido. Vê como os dois nunca se aproximam francamente um do outro, e repara como só conversam quando há uma terceira pessoa que forneça o assunto. — Estão separados pelo filho!...

E, porque Palmira fizesse um vivo gesto de surpresa com esta última frase, acrescentei em segredo, para bem lhe explicar minha sentença:

— O filho, desde que o pai assista ao seu nascimento, é um traço de união moral, um laço de amizade, que se estabelece entre os dois indivíduos donde ele nasce, mas é ao mesmo tempo uma fria linha isoladora, que se cava para sempre entre o corpo de um homem e o corpo de uma mulher, que sensualmente até aí se amavam e se queriam.

Ela teve para mim um sorriso inteligente, em que lhe veio ao rosto toda a sua gratidão pelos meus desvelos, e o seu sorriso desabotoou-se num beijo que recebi na face. Quis detê-la ainda um instante, Leandro, porém, acercou-se de nós, com o seu ar de namorado feliz, passou-lhe o braço na cintura, e os dois afastaram-se, rindo e conversando intimamente.

Sentia-me um pouco fatigada. As canseiras daqueles últimos tempos deixaram-me abatida. Doíam-me as costas e o peito. Levantei-me com intenção de ir lá dentro tomar um copo de leite quente com uma gota de conhaque, quando um fato, em extremo desagradável, veio interromper a nossa festa: Acabava de chegar da casa do Dr. César um recado exigindo que ele seguisse imediatamente para lá, porque a irmã, que nesse dia se mostrara aliás muito melhor, fora, ao cair da noite, acometida por uma terrível hemoptise e parecia agora em perigo de vida.

O bom homem não esperou segunda ordem para tomar às pressas o sobretudo, o chapéu e a bengala. Corri a ter com ele e pedi-lhe, enquanto agitado me apertava a mão, que, se o caso fosse com efeito grave, me mandasse prevenir logo ao chegar à casa.

Infelizmente era. O mesmo cocheiro do nosso carro, em que fora o Dr. César, voltou com a notícia de que D. Etelvina agonizava. Entreguei logo a casa a meus filhos, agasalhei-me, tomei o meu livro de orações, despedi-me das visitas, e segui por minha vez, mandando puxar bem pelos cavalos.

* * *

César morava na praia do Flamengo. Quando cheguei lá, a pobre senhora expirava nos braços do irmão. Muito magra, muito descorada, com os olhos imóveis e sem fito, a boca ressequida babando sangue, o nariz laminoso e com um brilho sinistro, ela era apenas uma fugitiva sombra humana, que se exinania em soluços de morte.

Havia algumas pessoas presentes, mulheres e homens. Ajoelhei-me ao lado da cabeceira da cama, abri o meu livro de orações e pus-me a rezar em silêncio. A moribunda já não dava acordo do que se passava em torno do seu aniquilamento. Um colega de César, que com este lhe acompanhara a moléstia, sacudia os ombros desanimado, pronto já para sair.

E ali, dentro daquele quarto, defronte dos nossos olhos, uma vida apagou-se, deixando vazia e fria a quebradiça lâmpada de argila. Ninguém dava palavra, e todos, em volta, contemplavam o cadáver, como se a força de fitá-lo, procurassem compreender alguma coisa daquele fato tão comum e sempre tão extraordinário e tão comovedor.

Eu já não rezava, fitava-o também, como os outros, pensando nesse misterioso destino de todos nós. E lembrei-me de meu neto, que, com o mesmo mistério daquela retirada, havia pouco antes entrado na vida. Um a chegar e outro a sair!... Donde baixava ele?... e ela, para onde descia?... De que vívido manancial e para que fundo e soturno depósito — vinham e iam essas pobres almas, que vemos passar ruidosamente no cenário da existência, entrando e saindo pelos bastidores de treva?... O que haveria lá dentro, na misteriosa caixa desse teatro, onde talvez não repercuta uma só gargalhada ou um único soluço da comédia ou da tragédia que representamos cá fora?... Por que seria que os atores não voltavam nunca à cena, mesmo depois de muito aplaudidos?... Ou quem sabe se voltariam, mas já descaracterizados e já irreconhecíveis para aqueles que em vida os vitoriaram com o seu amor ou com o seu ódio!...

Trevas e trevas!

Uma velha amiga da morta interrompeu o seu pranto, para pedir aos homens que se retirassem dali: ia preparar-se o cadáver para entrar na terra. Nessa ocasião, César encarregava um amigo de cuidar do enterro. E nenhuma de nós descansou um instante até que o corpo de Etelvina, depois de lavado, vestido, penteado e calçado, foi posto sobre um sofá da sala próxima, com as ósseas mãos cruzadas sobre a carcaça do peito, e com o escaveirado queixo seguro por um lenço de seda branca. E, à cabeceira do sofá, armou-se uma mesa, coberta por uma toalha de rendas, com a imagem de Cristo crucificado, entre duas velas de cera, que ardiam com uma luz amarela e fumegante.

Então, assentaram-se todos em volta do cadáver, e continuaram a contemplá-lo. E o silêncio foi de novo se condensando, numa oprimidora harmonia com o frio da madrugada e com o longínquo ladrar dos cães lá fora na rua. E mais e mais pesada e úmida se foi fazendo a tristeza. As velas, ao lado do crucifixo, pareciam chorar com aquelas suas quentes e longas lágrimas de cera, a escorrerem-lhe em vagarosos fios e a pingarem, gota a gota.

A primeira mosca pousou no lábio da defunta.

Em torno, numa desolação muda, ouvia-se de longe em longe, um longo suspiro. E tristes figuras, negras de luto, permaneciam imóveis, com o queixo apoiado na mão — a fitar o cadáver.

Eu também o fitava sempre, irresistivelmente, sem saber por quê.

Serviu-se café. Tomei a chávena que me levaram e continuei a encarar o cadáver... Mas, de súbito, uma ideia, que nunca até então me viera ao espírito, atravessou-me o coração de lado a lado, como com aquela mesma agulha que eu vira pouco antes coser o lençol da defunta: "E se a minha hora estivesse também a bater?... Sim, nada mais natural!... Achava-me velha, fraca; sentia-me doente... podia pois morrer de um momento para outro!... E minha filha?! ficaria para sempre abandonada à imprevidência moral do marido, sem ter quem lhes dirigisse a vida?... Mas assim, os dois acabariam fatalmente por cair na vulgaridade do casamento e no tédio da promiscuidade sexual!... E a minha obra, tão penosamente levada ao ponto em que se achava, seria perdida, completamente perdida!..."

Esta ideia fez-me fechar os olhos, para não ver o cadáver. Compreendi que outras pessoas que lá estavam em redor dele e pareciam dormir, tinham apenas, como eu, fechado os olhos, também para não ver a morte.

Como me sucedia sempre ao preocupar-me qualquer ideia sem pronta solução, pensei em César, e lembrei-me de que, havia talvez mais de duas horas, notara eu a sua ausência da sala, e não tivera por conseguinte trocado

com ele senão algumas frases de pêsame oficial, em presença de estranhos; e que, pois, não lhe havia recolhido ainda uma só palavra de dor, quando aliás devia o meu pobre amigo estar mortalmente ferido no coração:
— Aquela sua irmã, agora ali finda e putrescente, era toda a sua última família, era a sua extinta comunhão doméstica!... E eu sabia perfeitamente quão extremoso fora o amor que os ligara por mais de vinte anos. Ainda não lhe tinha visto uma lágrima — devia sofrer muito! Precisava ir para junto dele...
Levantei-me à sua procura. Talvez estivesse no seu gabinete de trabalho. Fui ver.
O gabinete tinha luz e o reposteiro estava corrido. O pobre homem lá se achava com efeito, sozinho, assentado à secretária, o rosto escondido entre as mãos, de costas voltadas para a porta de entrada. Os seus cabelos brancos, cortados à escovinha, brilhavam argentinamente ao reflexo da luz do gás que lhes batia de cima.
— Posso entrar, César?...
Ele ergueu-se com sobressalto e veio receber-me. Tomou-me as mãos, puxou-me para junto de si, fechou-me nos braços sobre o peito, e desatou a soluçar, como se só esperasse por mim para dar curso àquela explosão de desabafo.
Eu compreendi — cerrei-o forte no meu colo e pousei a cabeça no seu peito generoso, procurando fazê-lo sentir, bem no fundo do coração, que ainda lhe ficava neste mundo de misérias — uma irmã, uma amiga, uma camarada fiel, para o amar estremecidamente como a outra o amara durante a vida inteira.
E assim estivemos muito tempo, estreitados nos braços um do outro, a chorarmos ambos, sem achar nenhum de nós uma palavra, dele para mim, ou de mim para ele.

* * *

Ia, no entanto, naquela ocasião, decidir-se entre nós dois o fato mais extraordinário de toda a nossa existência.

23

*E*le afinal fez-me tomar uma cadeira e assentou-se perto de mim. Nunca lhe tinha visto a fisionomia que lhe vi nesse momento: Ela dizia ao mesmo tempo todos os velhos, intermináveis desgostos do seu passado ao roto e sem fundo, e todo o desespero do seu presente restrito e sem saída. Num relance veio-me ao espírito a síntese da sua longa existência de sessenta e tantos anos — um rosário de lutos: Mulher, filhos e genros foram todos pouco a pouco caindo em torno da sua velha dor sobrevivente, até que a última da família, aquela retardatária irmã que o estremecia, lhe fugia também agora, depois de uma tossegosa e gemebunda existência de hética!

— Acabou-se tudo!... murmurou o infeliz, como se seguisse o rápido vôo do meu pensamento.

Tomei-lhe as mãos.

— Não... disse em segredo, que minhas lágrimas tornavam mais abafado e íntimo, ainda lhe resta uma amiga, uma irmã, uma companheira...

Ele levou à boca as minhas mãos que se orvalharam nas suas barbas úmidas de pranto.

— Mas como hei de viver agora?... prosseguiu. Como hei de viver sozinho aqui, neste frio hospital abandonado, donde vi saírem, um a um, para o cemitério, todos os entes que me pertenciam?... Diga, minha amiga, diga-me como hei de suportar esta miséria? — E cobriu o rosto com o lenço, soluçando mais forte. — Ah destino injusto e perverso!... levar-me a morte os outros todos e deixar-me a mim, o mais velho e o mais necessitado de morrer! O que fico eu fazendo aqui?... O que fico fazendo?...

A sua agonia retalhava-me o coração. Chamei-lhe a encanecida cabeça para o meu colo de amiga, e assim ficamos longo tempo, calados ambos.

As moscas, acordadas essa noite com a presença de um cadáver na casa, zumbiam alegres no silêncio do quarto.

César desviou-se do meu colo e deixou-se ficar cabisbaixo, com as suas mãos nas minhas. Compreendi que nesse instante o meu pensamento ia caminhando ao lado do dele, em silêncio, como dois velhos e tristes companheiros inseparáveis; e por fim o nosso pensamento foi se derretendo em palavras, apenas balbuciadas. César começou a falar em voz muito baixa, soturnamente, como se temesse acordar a irmã, que dormia lá na sala, no seu leito frio. Falava em segredo, com o rosto quase unido ao meu, numa surda conspiração contra a vida. Era o resíduo do seu pobre coração, já de muito tempo despedaçado, que vinha agora assim diluído pelas lágrimas.

E ele murmurou, como num sonho:

— Ultimamente, minha Olímpia, uma estranha amargura me persegue... a nosso respeito... uma dor secreta, penosa como um arrependimento tardio... alguma coisa da mágoa de não ter colhido a felicidade, no bom momento em que ela nos passou cantando diante dos olhos... um irremissível desgosto de não ter sido em tempo o teu marido ou me ter feito o teu amante...

Abaixei os olhos. Era a primeira vez que falávamos abertamente do nosso velho amor.

César prosseguiu no mesmo tom:

— Sim, sim, minha amiga... nós nascemos um para o outro!... Foi uma tremenda infelicidade não nos termos encontrado antes dos nossos loucos casamentos... ou não termos então rompido com todas as conveniências e com todas as convenções — para nos unirmos para sempre; para nos pertencermos, exclusivamente, sem o menor desvio da nossa ternura; e para que enfim pudéssemos ser agora, minha amada, inseparáveis companheiros neste fim de vida!...

— Não... respondi, não meu querido amigo, não seria a mesma coisa: não seríamos ainda hoje moralmente e virtualmente consorciados como somos. O casamento ou a concubinagem desvirtuariam o espírito do nosso amor, tão puro e tão elevado... O matrimônio carnal é incompatível com a sagrada amizade, com a verdadeira dedicação, porque vive dos sentidos e não do sentimento... Se tivéramos algum dia unido os nossos corpos, as nossas almas estariam hoje separadas! Se algum dia tivéramos tido em nosso consórcio, que foi tão claro e tão casto, outros laços que não o desta profunda e delicada afeição que nos irmana; hoje, que somos velhos ambos e pois inúteis para a sensualidade, não teríamos — tu em mim a tua consoladora amiga; eu em ti o meu derradeiro amor...

César encarou-me surpreso:

— Como assim? Pois eu negava o amor dos sentidos ligados ao sentimento do amor?...

— Certamente. Na língua não há palavras para exprimir essas duas coisas tão diversas e até tão opostas: — o amor produzido pelo instinto sensual e o amor produzido pela simpatia e atração moral de dois espíritos que se procuram e se casam. O grande erro do casamento vulgar o que o torna insuportável, é pretender aliar o instinto da procriação com o sentimento do amor ou da amizade, que nada tem a ver com ele e até o repele. O irracional também é como o homem suscetível de apego de amizade, nunca porém se preocupa com isso, quando trata de cumprir o seu mister procriador. O homem não deve ter comunicação carnal com a mulher que ama!

César mostrava-se cada vez mais surpreso.

— E tua filha!... interpelou ele; tua filha não ama e não é amada pelo marido?...

— Ama sensualmente, respondi; mas, para o outro amor, para este que nos ligou até hoje, ela está perfeitamente incompatibilizada com ele. O marido não pode ser nunca o amigo. O esposo do corpo não pode ser ao mesmo tempo o esposo da alma; e nisto estava a razão de ser e a grande força dos confessores primitivos. Mas o padre não era amigo sincero e nem foi leal e foi casto; daí a causa única por que ele não persistiu e não ficou para sempre nos casais junto à mulher e ao lado do marido.

César meditou um instante, e disse depois:

— Tens razão talvez... O que não impede que, apesar de nos amarmos sempre e apesar de termos nascido um para o outro, e apesar dos meus sessenta e cinco anos, e apesar de que sejas agora uma avó de cabelos brancos, não possamos viver juntos, como eu vivi até hoje com minha irmã, porque não somos casados... E, se aqui te detenho comigo, assim neste gabinete, se te cingi ao meu peito e te guardei um instante nos meus braços já trêmulos, é porque há aí a pequena distância de nós um cadáver que tudo justifica; ao contrário nem isso mesmo seria razoável!... Vê tu que escravidão a nossa!

— É a convenção social, meu amigo...

— Oh! o código social! Sofram-se tudo; suportem-se todas as misérias, mas não se falte nunca aos seus preceitos! Mas, antes de aparecer esse mesquinho código arranjado pelo homem, já um outro existia, imposto pela natureza, muito mais sábio, mais justo e mais generoso; e esse mesmo homem que reclama sob pena dos maiores castigos, o bom cumprimento do seu código, calça aos pés, a cada momento, as leis do outro, sem receber por isso, dos seus semelhantes, a menor punição! De sorte que eu, tendo uma amiga a quem estremeço, com quem poderia arrastar menos tristemente o sudário da minha velhice, não hei de valer-me da companhia dela, nem usar livremente da sua casta amizade, porque o tal código social não me permite! É caso para lamentar não seres tu homem, ou não ser eu mulher!

— Não, César, nada aproveitaríamos com ser do mesmo sexo... Nunca houve equilíbrio perfeito de qualquer amor senão entre pessoas de sexo diferente. O amor que te tenho, apesar de ideal, nunca poderia eu senti-lo por outra mulher, fosse esta minha mãe, minha irmã ou minha filha...

— Mas, meu Deus, isso é a negação das tuas teorias sobre o casamento...

— Não... Por quê?...

— Segundo o que acabas de dizer, duas pessoas de sexo diferente podem então, sem incompatibilidade, viver eternamente juntas...

— Decerto, desde que se amem castamente como nós dois nos amamos, e não tenham entre si a menor aproximação carnal. O que incompatibiliza moralmente os cônjuges é o amor físico. Se dois amigos do sexo diferente pudessem, na plenitude da mocidade, realizar um consórcio naquelas condições, e vivessem juntos sem a menor preocupação dos sentidos, seriam eternamente felizes e cada vez mais se amariam, porque para eles a convivência constante, ao contrário do que sucede aos que se unem pelo sexo, longe de enfraquecer-lhes o amor, havia de ir cristalizando-o lentamente, até fazê-lo atingir o supremo estado de pureza, inquebrantável e límpido como um diamante. Seria esse o único casamento eterno!

— E os filhos?

— Que filhos? Acaso figuraste semelhante hipótese, quando há vinte anos te uniste eternamente a essa tua pobre irmã, que acaba de morrer, deixando-te a alma viúva do seu amor?...

— Eu a amava, justamente porque nos amos. E assim deve ser entre todos os homens e todas as mulheres que se amam.

— Oh! seria isso a extinção da espécie... a não ser que, em tal casamento, a cada um dos consortes assistisse o direito de ir buscar fora do casal, onde melhor o levassem os seus apetites carnais, a satisfação do instinto procriador!...

— E por que não? O instinto materialíssimo da procriação nada tem que ver com o amor, isto é, com o verdadeiro sentimento de humanidade elevado ao seu mais alto grau de comoção. A fêmea é para o macho — produzem; a mulher é para o homem — amam-se. Entre os que se ajuntam instintivamente, não pode existir o amor, só há sensualidade! É o caso de minha filha e meu genro; é o contrário do nosso caso!

— Então, para que fazer questão de sexo?...

— Porque, repito, entre duas pessoas do mesmo sexo, a não ser no caso particular do amor materno, que é um desdobramento do amor-próprio, só pode haver ligeiras relações de estima e simpatia. Amor, verdadeiramente amor, só pode existir entre o homem e a mulher; só entre estes se fará inteira confiança de parte a parte, inteiro equilíbrio de espíritos e de corações. A sexualidade física refletindo-se no moral é tão poderosa que se estende até aos pais com relação aos próprios filhos, ou vice-versa. A filha ama sempre mais o pai do que a mãe, e o filho mais a mãe do que o pai. Pode-se afirmar que não é só o corpo que tem sexo, a alma também o tem, e só a alma de uma mulher pode compreender a alma de um homem e só por esta pode ser compreendida. Há muita coisa que um homem não confia ao espírito de outro homem, nem uma mulher ao de outra mulher. Eu, por exemplo, em caso nenhum teria jamais revelado a outra pessoa do meu sexo tudo o que até hoje te relatei da minha vida íntima e dos meus íntimos pensamentos; e tu, meu velho amigo, juro que também não serias capaz nunca de pôr a alma nua defronte de nenhum homem, como tantas e tantas vezes a exibiste defronte dos meus olhos. Por quê? porque sempre nos amamos sinceramente, e muito, tanto quanto é possível, sem nunca todavia depravarmos o nosso amor humano com a rasteira preocupação de nossos instintos bestiais! Se o tivéramos feito, não te poderia eu falar agora deste modo, nem tu me ouvirias a sério e de boa-fé, como me estás ouvindo: Rir-nos-íamos um do outro; achar-nos-íamos ridículos!... Os indivíduos, sujeitados e unidos pela sensualidade, quando se acham a sós os dois, só podem falar com empenho dos interesses do próprio instinto que os uniu, seja dos interesses do gozo sexual, ou seja dos interesses dos filhos; no mais, as poucas e frias palavras que trocam entre si são concernentes a coisas chatas, caseiras e materiais como o mesmo amor que os liga. E nós, desde o primeiro dia em que nos conhecemos até hoje, conservamos um para o outro a mesma poesia do amor?

Calei-me, e só então notamos que o dia acabava de invadir o gabinete por uma larga janela envidraçada.

César ergueu-se, e eu também. Ele, lívido com aquela noite de insônia e de lágrimas, parecia um espetro.

Adiantou-se lentamente para mim, estendendo-me as mãos trêmulas.

— Se assim é... disse-me comovido e suplicante; não nos separemos mais!... Vivamos juntos este resto de vida, unidos por este elevado amor de que me falas!... Posto nossas almas há muito se esposaram, casemo-nos, já que assim o quer a sociedade; e que eu te possa ter a meu lado, e que eu te fale e te veja todos os dias, a qualquer instante; e que eu possa contar contigo, minha amiga, perto do meu leito, quando este pobre corpo morrer de todo!

Abaixei a cabeça.

Depois de longa pausa, tartamudeei muito triste:

— Ninguém nos compreenderia... Seríamos cobertos de ridículo, por todos, por minha família, até por minha filha!

— Não! insistiu ele. Não acontecerá assim: Já todos se habituaram a ver em ti um espírito superior, emancipado de preconceitos mesquinhos. Casar-nos-emos para poder viver perto um do outro, mas separados de corpo, como dois irmãos. Lembras-te de que hoje tua família é o meu único herdeiro e eu preciso justificar publicamente esse fato. Não me abandones aqui com as minhas saudades, sem ter eu um coração onde aqueça esta velha alma tua amiga! Casando-me contigo, minha querida irmã, não é só uma companhia que trarei para meu lado; Palmira será também minha filha e Leandro será meu filho... E eu terei o direito de amá-los e de importuná-los um pouco com as minhas rabugices de velho... E terei, para se rir de mim, para puxar-me as barbas e trepar-me pelas pernas, o teu netinho, Olímpia! Ele, o diabrete, vendo-me todos os dias a teu lado e habituando-se a brincar comigo, acabará por amar-me, como se com efeito fosse neto de nós dois... E só a ideia de que lhe ouvirei ainda chamar-me "Vovô"! só com esta ideia... vês tu, minha filha?... correm-me já as lágrimas pelo rosto!

Aproximei-me dele, para cingi-lo nos meus braços.

— Descansa, respondi-lhe. Não ficarás abandonado, meu bom amigo! Mesmo nestes pesados dias de nojo serei desde já a tua companheira. Logo mais voltarei com Palmira, para passarmos três dias contigo. Leandro ficará lá em casa durante esse tempo.

César amparou-se em mim, soluçando. Entre as suas lágrimas só uma palavra compreendi das que me disse: "Obrigado! Obrigado!" Depois tomou-me a cabeça entre as mãos e beijou-me na testa. Eu lhe respondi com um beijo igual.

Foi o primeiro beijo que trocamos em toda a nossa longa vida de amor.

* * *

Ao sair do gabinete, dirigi-me logo para a sala em que estava o cadáver. Em volta dele pareceu-me tudo ainda mais triste com aquela deslavada luz do amanhecer. As raras pessoas que ficaram a guardar a morta dormiam nas suas cadeiras, com a cabeça pendida sobre o peito. As velas choravam sempre, e mais sinistras achei agora as suas lágrimas. O corpo, já completamente rijo, fazia mais frio o ambiente, e um ligeiro fedor úmido evolava-se dele.

24

Quando, pela manhã, cheguei à casa, sentia-me muito mal disposta. Era sem dúvida a reação de todas aquelas canseiras acumuladas ultimamente. Mas tudo isso passaria com algumas horas de absoluto repouso. Recolhi-me ao quarto, quase sem forças para despir-me. Despedi a criada, recomendando-lhe que não me chamasse enquanto eu estivesse na cama.

Deitei-me, e comecei a pensar, à espera do sono; teria eu ânimo de realizar a boa ação que vinha de prometer ao meu amigo?... Teria a coragem de afrontar com o ridículo, que porventura iria despertar aquele casamento feito entre dois velhos?... Compreenderiam essa ligação moral; esse esposório de duas almas amigas, que se estremecem e se buscam, através de uma existência inteira; e afinal se abraçam, não para a satisfação do amor, mas para afugentar o medo que, separadas e sozinhas, sentiria cada uma no frio resto do seu caminho já ensombrado pela morte?...

Não, com certeza, ninguém compreenderia! Não obstante, esse casamento, singular embora, era perfeitamente lógico e era essencialmente humano! Em que e por que o amor e os reclamos da alma valem e merecem menos que as sensuais necessidades do corpo?... Acaso a solidariedade da carne, instinto de todo animal, é mais digna que a solidariedade do espírito, privilégio exclusivo do homem?... Pois tão facilmente aceitavam todos e compreendiam a conveniência de um companheiro para os nosso sentidos inconscientes, e não compreenderiam a razão de um companheiro para o nosso espírito, que é a parte racional do ser humano, o que o sobreleva dos brutos e o que o aproxima de Deus?...

Não, ninguém compreenderia!... Entretanto, aquele casamento seria de grande utilidade, nem só para o meu velho amigo, como para mim própria. Cansada já, precisava ter mais perto o meu auxiliar na obra da felicidade matrimonial de Palmira; precisava de um substituto imediato para as faltas, que eu seguro iria fazer agora no meu posto de vigia. De resto, e talvez principalmente, a expectativa de ter César a meu lado neste último quartel da vida, enchia-me o coração de uma inefável esperança de completa felicidade moral.

Mas, que diria meu genro?... que pensaria minha filha?...

Oh! para esses ficaria tudo, mais tarde, explicado neste manuscrito, que em tempo lhes chegaria às mãos! E, quanto ao mais — já muito fazia eu em dar-lhe a pública satisfação do casamento!

Sim! estava resolvido — César viria acabar seus dias a meu lado!

E comecei a pensar na disposição da casa para acomodá-lo convenientemente, e até em nosso futuro modo de viver.

Havia um aposento magnífico para ele, e o meu quarto de trabalho, que era vasto, passaria a ser comum entre nós dois. Seria o nosso ponto principal de convivência: Enquanto César aí estivesse ocupado lá com os seus trabalhos, estaria eu costurando, lendo ou escrevendo; e isso não impediria que minha filha continuasse a passar nessa mesma sala, as horas que costumava passar comigo.

E via já o meu velho camarada, ao almoço e ao jantar, assentado ao lado de meu neto, a rirem-se os dois um com o outro, a brincarem, como duas crianças. E via-o depois passeando conosco, nas belas manhãs de Petrópolis, levando-me pelo braço, feliz com aquela família toda inteira e completa, que eu lhe dava, como um presente de bodas, para consolação do resto da sua existência. E via-o à noite, na sala, de cabeça coberta e lenço ao pescoço, jogando comigo antes do chá, enquanto Palmira ao piano acompanhava o enamorado e choroso bandolim do marido. E via-o afinal estendido no seu leito extremo, já prestes a deixar a vida, guardando as minhas mãos nas suas, e entregando-me o último suspiro da sua alma irmã da minha, tão generosa, tão adorável e tão pura.

Mas o sono não vinha e a minha indisposição crescia vivamente. Dolorosos calefrios obrigavam-me a encolher-me toda debaixo dos cobertores. Sentia doer-me o lado da cintura, a boca seca, o estômago ansiado. Compreendi que não podia dormir. Tateei o tímpano, vibrei e pedi à criada uma chávena de chá bem quente. Ao tomar os primeiros goles, vomitei logo, e senti dores no estômago.

Quando minha filha, alvoroçada com a notícia do meu incômodo, me procurou aflita, eu ardia em febre e não podia conter os gemidos. Meu genro veio também pouco depois, todo de luto, já preparado para o enterro de D. Etelvina, que seria à tarde. Apesar do sofrimento, falei-lhes no abandono em que ia ficar o nosso Dr. César e no estado de desconsolo em que eu o deixara ao lado do cadáver da irmã, último parente que lhe fugia para debaixo da terra.

Leandro prometeu-me que lhe faria uma visita logo em seguida ao almoço e ficaria com ele até as horas do saimento. Pedi-lhe mais que depois do enterro, o não deixasse sozinho naquele casarão triste e solitário; que, em meu nome, o persuadisse de vir para junto de nós, ao menos por esses primeiros dias; e lhe dissesse que eu não podia ir lá com Palmira, como prometera e tencionava, mas que viesse ele; entregasse a casa aos serventes e trouxesse de companhia o seu velho criado Antônio. Era isso o bastante.

* * *

Recebidas estas disposições, Leandro saiu do quarto, e minha filha começou a tratar de mim, convencida, como eu, de que era passageiro o mal. Não valia a pena chamar médico; César viria à tarde ou à noite e daria as providências necessárias. A despeito da minha crescente indisposição, perguntei a Palmira que tal lhe parecia a ideia de convidarmos o meu velho amigo para ficar morando indefinidamente conosco. Ela não se abalou com o alvitre, como esperava eu.

— Ali, disse, todos queriam e estimavam tanto o Dr. César, que este era para a família menos um estranho que um parente.

Recomendei-lhe então falasse a esse respeito com Leandro e desse-me depois sincera conta da impressão que semelhante ideia produzisse no ânimo dele.

— Ora! respondeu minha filha. Leandro é deveras amigo do velho César. Mamãe bem sabe que ele o estima e respeita como a um pai! Há de sem dúvida ficar satisfeito com a notícia...

— Sim, mas fala-lhe, porque talvez não fiquem as coisas neste ponto.

O pior é que o meu padecimento aumentava, e do meio para o fim do dia, tão mal me achei e tão pouco acordo dei de mim, que não posso agora render cópia exata do que se passou. Caí em modorra de febre; creio que delirei. Sei apenas que César veio logo ao fechar da noite; que me receitou; deu-me a tomar os remédios e não me abandonou até o momento em que, já tarde, Palmira o constrangeu a recolher-se ao quarto que lhe destinávamos.

E eu, que o tinha chamado para aliviá-lo das suas penas, recebia agora dele os desvelos de amigo e os cuidados de médico, e de enfermeiro. O que supúnhamos febre passageira era nada menos que uma inflamação de fígado. A moléstia caracterizou-se nessa mesma noite com a alteração na glândula, e o Dr. César fez logo o seu diagnóstico: "Hepatite intersticial, proveniente de impaludismo."

E tive de guardar o leito no dia seguinte e nos outros imediatos, mostrando-se César ao meu lado de uma solicitude sem igual.

* * *

Mas, ao fim da primeira semana, reconhecíamos já que a nossa posição era falsa. Desde que constou a minha enfermidade, começaram as visitas, algumas de mera cerimônia, outras de verdadeira estima; e o meu pobre amigo confessava-se constrangido ali, à vista dos estranhos. Além disso, era natural que ele, sem estar de todo transferido lá para casa, sentisse falta dos seus velhos hábitos; homem, como sempre foi, dado metodicamente a longos estudos e a trabalhos científicos. Não me animava contudo a propor-lhe a mudança absoluta, sem a justificativa do casamento. E a situação, dentro em pouco, complicou-se ainda mais, pela contingência em que me vi de ter, para segurança da cura, de aproveitar, ainda no primeiro período da moléstia, a estação das águas de Caxambu.

Foi assim que se resolveu em família, e logo se apressou, o nosso singular casamento.

Como ainda não podia eu sair à rua, tivemos de solicitar uma licença da Igreja para realizá-lo em casa. Não foi difícil, e a formalidade religiosa durou pouco tempo, sem grande escândalo na vizinhança.

As pessoas de nossa amizade receberam a comunicação do fato nos seguintes termos:

"Olímpia da Câmara e o Dr. César Veloso participam a V. Ex.a que contraíram o direito de passar junto a sua velhice, aparentando-se legalmente pelos vínculos conjugais."

Não sei se a novidade foi muito comentada lá fora, nos vários grupos das nossas relações; não mo disseram, nem eu tampouco a ninguém o perguntei. Quanto a lá por casa — Ah! isso foi diferente: O senhor meu genro não procurou sequer disfarçar o riso que o fato lhe provocava! O leviano, sem atingir o alcance do meu proceder, só nele via o ridículo casamento de dois velhos. Perdoei-lhe, não obstante, ainda essa descortesia, porque ela não era obra da maldade do seu coração, mas só da sua inferioridade moral.

Palmira, essa não riu logo, pelo menos em minha presença; ficou a cismar, sem ânimo de interpelar-me, e daí por diante evitava até de entrar em conversa comigo sobre este assunto. Mas, com César, já não foi tão generosa, porque um dia a surpreendi a facecirar contra o padrasto a respeito do caso. Ele, não sei o que tinha dito, que ela com aqueles seus modos de rapariga travessa, pois nunca os perdeu de todo, tomou-lhe as lunetas, armou-as no nariz e começou a arremedar os meus gestos e a minha voz, exclamando comicamente, com o dedo no ar e a cabecinha empertigada:

— Casaram-se?... Está muito bem! mas não consinto que fiquem juntos muitos dias seguidos... Não! não! a felicidade conjugal, meu caro Dr. César, é nisto que se baseia! E se duvida, vou já buscar-lhe a Bíblia!...

César pôs-se a rir, e eu não pude deixar de fazer o mesmo. Ela, ao dar comigo, que a espreitava, ficou desapontada e corrida; desprendeu as lunetas do nariz, entregou-as ao dono; e o diabrete veio correndo atirar-me ao pescoço e pedir-me com seus beijos o beijo do meu perdão.

* * *

Todavia, eu continuava doente. Realizou-se a mudança definitiva de César lá para casa, e daí a dois dias arribamos todos para Caxambu. Fui bem prostrada.

No fim de um mês de águas estava de pé, mas compreendi que me havia empolgado a moléstia que terá de matar-me. Alguma coisa se modificou no meu ser físico, alguma coisa em mim se quebrou para sempre. Reconheci que um novo marco divisório se firmara na minha existência, separando o último período vivido de um novo período que começava. Este deve ser naturalmente o último, porque em minha família nunca vamos além dos sessenta anos.

Agora, porém, que me importava a ideia de morrer, se estava tudo bem disposto para garantir a felicidade dos entres queridos que eu deixava no mundo?

Depois de três meses de Caxambu voltamos à casa de Laranjeiras, e de novo entrou definitivamente nos seus eixos a nossa vida doméstica, mais completa agora com a presença de César. Pouco a pouco, à vista da atitude que guardávamos, eu e meu esposo, Leandro foi compreendendo a nossa verdadeira situação. Deixou de rir; e, tanto ele como Palmira, começaram a envolver o meu venerável companheiro na mesma atmosfera de carinhoso respeito em que ela sempre me teve e em que aquele ultimamente me firmava.

    A minha aliança com César era a de dois velhos irmãos amoráveis; e o exemplo do nosso mútuo respeito, da inalterável delicadeza de palavras e maneiras que mantínhamos um pelo outro, e principalmente a ação constante daquela nossa profunda amizade, casta, sagrada e puramente espiritual, não tardaram a dar de si os frutos que eu pressupunha, refletindo-se diretamente no ânimo de minha filha e de meu genro. Foi para eles tão eficaz e poderoso o efeito desse exemplo de amor impoluto, que no fim de alguns meses se tornava de todo desnecessária a minha intervenção para obrigá-los a cumprir o regime de vida que eu lhes impusera, sem haver, não obstante, desfalecimento de amor sensual por parte de nenhum dos dois. Ou porque tivessem afinal se habituado às periódicas separações de leito, ou porque compreendessem já o seu valor e eficácia; ou fosse enfim que o alto exemplo da nossa calma ternura lhes apurasse o espírito e lhes aperfeiçoasse o coração, o certo é que eles iam agora, sem esforço, naturalmente, vivendo como lhes ensinara eu a viver, e confessavam-se felizes; e, pela primeira vez, mostravam-se gratos ao meu maternal desvelo.

    Com a convivência Leandro foi cada vez mais se fazendo filho de César; afinal, muitas vezes, nos seus regulares afastamentos do tálamo, meu genro dormia no mesmo quarto com o padrastro, e Palmira e meu neto dormiam comigo. E iam-se assim os dias passando, sem a mais ligeira nuvem de desarmonia, sem o menor atrito de caracteres, nem sombras de descontentamento, porque, ao contrário do que em geral sucede nas famílias ainda mesmo pouco numerosas, não formávamos pequenos grupos conspiradores; não havia segredos entre todos nós, nem por conseguinte podia haver ressentimento.

    A liberdade moral e física de cada um era completa, sem despertar nos outros o vislumbre de uma ofensiva suspeita. Leandro entrava e saía de nossa casa livremente; ora dormia, ora não dormia perto da mulher, e deixava de aparecer-lhe nos dias que lhe convinha, sem que isso nela despertasse ciúmes ou enfados de despeito.

    Sem o preclaro exemplo da minha comovida e amorosa castidade, não sei se poderia, apesar do empenho que pus em dirigir a felicidade de Palmira, ter evitado entre ela e o marido as ridículas contendas e as enervantes misérias do matrimônio. E com efeito — que bela lição de amor e que virtuoso exemplo de ventura não era esse casal de velhos, assim vivendo unidos só pelo coração e pelo espírito, sem jamais se fatigarem da presença um do outro, sem nunca precisar nenhum dos dois fingir nos seus sorrisos e nas suas palavras de ternura!... Ah! tínhamos sempre o que conversar, porque bem pouco falávamos de nós mesmos, o que equivale a falar dos nossos instintos ou dos nossos interesses materiais. Podíamos penetrar desassombradamente em todos os assuntos, discutir os pontos mais elevados da moral e da razão porque não nos tínhamos jamais incompatibilizado intelectualmente pelas grosseiras animalidades do corpo. Podíamos olhar-nos bem de face um para o outro, sem corar ou sem rir, porque éramos igualmente puros aos nossos olhos, porque nunca entre nós esvoaçou a asa do mais fugitivo menoscabo, e porque tínhamos sido sempre, na mocidade, e éramos e continuávamos a sê-lo na velhice, os mesmos amigos castos, os mesmos irmãos amorosos, cujas ideias e cujas revelações de gestos e palavras jamais foram postas entre nós ao serviço da luxúria e das vergonhosas e inconfessáveis imundícias da carne!

Oh! juro que eu era, como esposa, ainda mais feliz que minha filha, para cuja felicidade trabalhei eficazmente durante toda a minha vida de mulher.

Sim, fui e sou feliz, apesar da moléstia que me vai minando a existência. Sou agora, neste momento em que escrevo estas palavras, a mais venturosa das mães, a mais enternecida das avós e a mais bem-aventurada das esposas. Enquanto escrevo isto, sinto perto, bem perto de mim, o meu amigo amado, que aí está a dois passos, descansando numa poltrona, a fumar o seu charuto, enquanto lê um jornal. Ouço-lhe com volúpia o fraco e curto resfolegar de velho, afinado pela minha respiração de enferma e pela débil respiração do meu netinho. Sinto, pensando nisto, invadirem minha alma a paz e o amor que cercam os meus gemidos e os meus cabelos brancos... Sei que Palmira é feliz e sei que ela me ama; sei que meu genro me fará justiça e me amará um dia tanto quanto minha filha; sei que morrerei abençoada por eles e...

* * *

Mas não posso continuar a escrever: César acaba de levantar-se e vir ter comigo. Tomou-me a mão esquerda e disse-me com autoridade de médico:

— Bem! por hoje basta! Qualquer abuso de trabalho, minha amiga, pode prostrar-te de cama... Vamos antes dar um passeio pela chácara... A tarde está magnífica!

25

São passados nada menos de um ano e dois meses depois que escrevi as últimas palavras que aí ficam para trás; só agora pude voltar ao meu manuscrito e talvez, quem sabe? para me despedir dele, porque é já com bastante custo que ainda lanço no papel estas linhas, trêmulas e pálidas como a própria mão que as traça.

Como estou desfeita e abatida!

Depois das enganadoras melhoras granjeadas com os ares e águas de Caxambu, o mal acordou de novo, para seguir vitoriosamente o seu negro curso. O meu terrível fígado, apesar dos cuidados médicos, aumentou sempre durante o segundo período da moléstia; e agora, já no terceiro, sinto que me matará este depauperamento geral de forças e esta cruel ascite, que me dá o absurdo aspecto de uma tísica em último grau e grávida.

Todavia, durante esse tempo fizemos uma excursão pela Europa; já de volta ao Rio de Janeiro, operei a minha hidropsia abdominal, e só hoje consigo, ainda sem deixar a cama, tentar sobre a mesa de cabeceira esta página difícil... Ai! dói-me todo o lado direito; doem-me os pulmões e sinto falta de ar!

Mas é preciso arrastar-me até ao fim das minhas revelações. Vamos: Palmira está pejada de novo; o marido, sem que ninguém lhe falasse nisso, declarou já que iria aos Estados Unidos durante o resguardo puerperal. Recomendei-lhe que não deixasse de visitar Salt Lake City, capital do território de Utah e procurasse, como o Afonso Celso, conversar com os prosélitos e sectários de José Smith, patriarca dos mórmons. A convicção filosófica dessa tribo de homens fortes pode preparar-lhe o espírito para a metade da existência que lhe falta viver ainda com a mulher.

Meu esposo goza da melhor saúde que é dado gozar a um velho, e seria completamente feliz se não foram os meus padecimentos. Creio que só aos seus desvelos de amigo e de médico, tenho ainda conseguido viver; pelo menos...

Ai! senti agora mesmo nos pulmões uma dor aguda! Não posso continuar a escrever... Bem me dizia César que seria imprudência dar-me a este trabalho...

* * *

E terminava aqui o curioso manuscrito que Leandro me deu para ler na sua pitoresca vivenda da Tijuca. As últimas páginas não pareciam escritas pelo mesmo punho que traçara as primeiras com letra tão firme e corrente. As frases finais eram quase ininteligíveis.

Devorei-o em duas secções: uma à noite, antes de dormir, até às duas horas da madrugada seguinte, e a outra entre o almoço e o jantar desse mesmo dia. Mal o terminei, corri ao meu amigo para pedir-lhe os pormenores da morte dessa inteligente e singular senhora, a quem tão mal julgara eu até aí e por quem, depois daquela leitura, sentia a mais profunda admiração e o mais enternecido respeito; e eis em substância o que me narrou Leandro:

— D. Olímpia, depois que interrompeu com um gemido aquela sua página interminada, nunca mais levantou a cabeça dos travesseiros, vindo a falecer da moléstia que a prostrava.

Durou muitos dias a sua agonia mortal. Durante esse tempo, César fez todos os milagres da dedicação e do amor para salvá-la. Jamais amante nenhum foi tão extremoso e digno desse nome; nem jamais noivo de vinte anos chorou com tamanha paixão o desviver da noiva virginal e formosa.

A casta companheira da sua velhice morreu-lhe nos braços e recebeu o seu beijo derradeiro entre as lágrimas dos filhos. Poucos momentos antes de expirar, chamou estes dois para bem junto dela e, tomando uma das mãos de Leandro, e tomando uma das mãos de Palmira, falou-lhes com a flébil sombra de voz que ainda lhe restava:

— Logo que eu feche os olhos, disse-lhes compassadamente, abram aquela gaveta da minha secretária, cuja chave está debaixo deste travesseiro, e tirem de lá o manuscrito que fui escrevendo depois que Palmira se casou. Encontrarão aí a justificação plena de todos os meus atos e de todas as minhas palavras. Foi por amor de ti, minha filha, que concebi aquelas ideias, e foi para ti, meu genro, que as escrevi. Leiam-no ambos com atenção e procurem seguir à risca os preceitos que lá se acham estabelecidos, porque essa é a minha derradeira e única vontade, ao deixar este mundo. Se o fizerem, hão de ser eternamente felizes como animais humanos: terão a felicidade material em que se funda a vida orgânica da nossa espécie; mas, se quiserem desfrutar a outra felicidade, a melhor, a mais alta e mais perfeita; essa, que nenhum dos dois conhece ainda; essa, que gozei longe e ao lado deste meu atual esposo; essa, em que se baseia e garante a vida moral — tenha cada um de vocês dois o seu amigo, o amado do seu espírito, o eleito da sua inteligência, porque todo o homem, como toda a mulher, precisa tanto de um companheiro para a sua carne, como de um companheiro para a sua alma! A vida é o amor, e o amor não é só a procriação. Cristo não deixou filhos, mas a semente de seu amor vive e frutifica até hoje no coração dos homens... É possível que a ideal melancolia do seu beijo maculado, chorando eternamente através dos séculos, secasse muitos ventres, esterilizasse muitos homens, mas fecundou de imorredoura ternura muitos e muitos corações!... A carne é egoísta — temam o despotismo da carne! A carne é irmã degenerada — é o Caim da alma! Afastem um do outro esses dois irmãos irreconciliáveis, para que o ideal não caia assassinado pela besta! Vá cada um de vocês dois, meus filhos, buscar o esposo da sua alma, fora e bem longe do leito matrimonial, com os olhos bem limpos de luxúria, com a boca despreocupada de beijos terrenos, com o sangue tranquilo e o corpo deslodado das lubrificações carnais! Minha filha — toma um amante — para teu espírito! Meu filho — elege uma amiga — para o teu coração de homem!

E calou-se.

Foram estas as suas últimas palavras. Depois de balbuciá-las, deixou pender a cabeça sobre o colo do esposo, e morreu sem um gemido.

* * *